COLLECTION FOLIO

Jens Christian Grøndahl

Virginia

Traduit du danois
par Alain Gnaedig

Gallimard

Titre original :
VIRGINIA

Jens Christian Grøndahl est né à Copenhague en 1959. Il a publié dix romans et est unanimement considéré comme l'un des meilleurs écrivains de sa génération.

À Anne

On ne s'habituait pas au bruit, à ce bourdonnement lointain de moteurs d'avions qui passaient très haut dans la nuit. Il faisait chaud sous le plafond en boiserie des combles, et elle laissait la fenêtre entrouverte. Elle avait une jambe sur la couette et inspirait l'air renfermé de la maison de campagne ; elle sentait la brise fraîche sur son mollet et sa cuisse en écoutant les petits claquements secs du rideau opaque qui cognait contre le châssis de la fenêtre. Elle venait d'avoir seize ans cet été-là, le seul qu'elle a passé dans cette maison au bord de la mer. Elle n'avait pas sa place ici. Elle est sortie de nos vies, comme nous sommes sortis de la sienne.

Chaque soir, elle attendait les avions. Elle n'avait pas peur, elle savait qu'ils ne lâcheraient pas leurs bombes dans les parages, où il n'y avait qu'une plage, un fjord et quelques demeures isolées. Au début, on distinguait à peine le bruit de celui du ressac derrière les dunes. Puis il passait au-dessus du toit que le soleil avait chauffé dans la journée, si bien que l'air se chargeait des relents de la pièce, faits de poussière, de matelas et d'étés oubliés. Maintes années après, elle m'a dit que cette odeur lui avait toujours rappelé la guerre. Elle est morte désormais. Je suis le seul en mesure de mettre un peu d'ordre dans les fragments de cette histoire. Nous étions les seuls à la connaître et, pendant bien des années, chacun n'avait eu connaissance que de sa partie.

La maison est toujours là. On en a construit plusieurs depuis, mais, à l'époque, elle était un peu à l'écart du hameau au bord de la route, là où se trouvaient une épicerie et une auberge. Le paysage n'a pas changé, avec la mer et la plage, les dunes recouvertes d'élymes des sables et les prés salés qui s'étendent derrière la ligne de côtes, au fond du fjord. On voit les mêmes tertres et langues de terres herbeuses avec une profusion d'oiseaux qui s'envolent au-dessus des eaux paisibles et forment des volées fugaces et furtives entre les nuages et la mer, faisant ainsi penser à de grands écrans de radar qui tournent et clignotent.

Elle ne connaissait pas la région. Elle avait grandi à Copenhague et, aussi loin que remontait son souvenir, elle avait habité avec sa mère dans un petit appartement près du port. Son père les avait abandonnées quand elle avait cinq mois et elle ne l'avait jamais vu. Sa mère était couturière à domicile. La moitié de la salle de séjour était occupée par la machine à coudre, les portemanteaux, les mannequins et les étagères contenant les rouleaux de tissu. Elle devait faire ses devoirs dans la cuisine quand sa mère recevait ses clientes. Parfois, elle se repliait dans la chambre, où les lits se faisaient face, chacun collé contre un mur, et ne laissaient qu'un petit espace où l'on se glissait de côté. Le soir, elles débarrassaient la moitié de la table pour pouvoir dîner.

Et, au cours d'un été lointain, la jeune fille était venue dans cette maison au bord de la mer du Nord. Elle écoutait le ressac derrière les dunes, et les avions anglais. Peut-être songeait-elle à sa mère qui était restée dans la capitale. Peut-être pensait-elle à l'appartement et aux objets qu'elle avait toujours connus. La roue luisante de la machine à coudre, les lourds ciseaux sur l'établi. La vue entre les pots de fleurs qui donnait sur le bloc d'immeubles en face, et celle de la chambre, qui donnait sur la cour. L'odeur légèrement douceâtre des ordures qui montait en été. La brume qui, à l'automne, s'abattait tel un voile gris sur les murs ternes et les fenêtres sombres. Les sons des cornes des navires, sur le Sund, étouffés et étirés, comme lorsque l'on souffle dans le goulot d'une bouteille vide.

Un après-midi, sa mère avait frappé à la porte de la chambre, tandis qu'elle lisait sur son lit. Sa mère n'avait pas l'habitude de frapper ainsi. D'un ton presque cérémonieux, elle lui avait demandé de venir un instant. Une dame qu'elle avait déjà vue plusieurs fois se trouvait dans la salle de séjour. C'était l'une des fidèles clientes de sa mère. Sa mère lui dit que Madame avait l'amabilité de l'inviter à passer les grandes vacances chez elle et son mari.

Elle ne comprit pas. Elle avait à peine parlé à cette dame, et encore, il s'agissait seulement de réponses aux questions habituelles sur l'école. Elle ne comprit pas davantage sa mère qui, soudain, lui apparut comme une étrangère. Elle nota la manière un peu compassée dont sa mère parlait de l'offre surprenante : « l'amabilité de... » Elle ne parvint pas à croiser le regard de sa mère, assise sur le bord de la chaise, les mains posées sur ses genoux, les épaules affaissées. La dame avait déjà remis son chapeau.

« Il faut bien s'entraider », dit-elle. Ses lèvres ornées de rouge formaient un sourire qui tranchait sur les joues solides, comme si ce sourire était une sorte de tic incontrôlé dans ce visage autrement immobile.

La jeune fille avait pensé à sa mère, dans le train, et plus tard, quand elle ne parvenait pas à dormir dans la chambre étroite qui lui avait été attribuée. On avait vidé un tiroir de la commode où elle pouvait ranger ses vêtements. Le tiroir grinçait si fort que cela devait résonner dans toute la maison. Elle pensa au petit appartement tandis que le train la conduisait à travers le pays.

À cette époque, le voyage durait quasiment une journée entière. On ne se rendait presque pas compte que c'était la guerre. C'était seulement dans les gares, et dans les brefs moments où la voie longeait les rues des villes de province, que l'on apercevait des uniformes et des véhicules militaires étrangers. Mais sinon, c'était toujours le même pays et la même campagne, avec les champs de blés, les bois et la mer qui étincelait au soleil.

En contemplant cela, elle pensa aux épaules menues de sa mère, aux cheveux gris sur sa nuque, à la roue de la machine à coudre dans la pénombre de la salle de séjour, lorsque le soleil n'était plus qu'un reflet sur la façade de l'immeuble d'en face. Une fois la dame partie, elles avaient dîné, sans guère parler, comme d'habitude.

« C'est tout de même pratique », avait dit sa mère pendant qu'elles faisaient la vaisselle. L'été pouvait être si long, en ville.

Un homme costaud vêtu d'un costume léger et avec un chapeau de paille vint la chercher à la gare. Il prit sa valise et la porta jusqu'à une grosse voiture décapotée. Elle remarqua qu'il conduisait avec des gants en cuir clair.

Il avait fait construire la maison de campagne après la Grande Guerre, lorsqu'il avait été nommé médecin-chef. Lui et son épouse n'avaient pas eu d'enfants, mais, chaque été, depuis dix ans, ils accueillaient leur neveu dans la maison de bois au bord de la mer du Nord. Et peut-être invitaient-ils la fille de la couturière pour tenir compagnie à ce garçon dégingandé de quatorze ans qui, allongé sur une dune, vit la voiture s'arrêter devant la maison et une jeune inconnue en descendre. Le médecin-chef lui tint la portière avec le chapeau de paille à la main, comme un portier d'hôtel, et le soleil du soir brilla sur son crâne lisse.

Elle avait les épaules larges, de longs bras et des jambes musclées. Elle avait l'air d'une championne de natation. Elle portait une robe d'été bleu clair et des cheveux blond filasse tombaient librement sur ses épaules découvertes. Ses cheveux ondoyaient dans le vent, tandis que le soleil faisait étinceler et crépiter les élymes des sables. Ses pommettes étaient proéminentes et ses yeux bleus, mais il ne le découvrit que plus tard, après être enfin descendu de sa dune.

L'arrivée de la jeune fille lui avait été annoncée une semaine plus tôt. Peut-être avait-il déjà deviné ce qu'il allait ressentir lorsque ce regard, bref et inexpressif, allait se poser sur lui. Ils étaient à table et elle répondit aux questions posées sur le voyage et elle-même d'une manière tout aussi peu expressive, mais polie. Il s'interdit d'observer la nouvelle venue plus de quelques secondes à la fois. Aurait-il su comment elle le percevait que ses pires pressentiments auraient été confirmés.

Elle le trouvait curieux avec son corps osseux, ses yeux rapprochés et ses cheveux raides qui ne cessaient de lui tomber sur le front, même s'il tentait de les peigner avec de l'eau. Il n'avait encore guère eu de contact avec les filles, il était incapable de les regarder sans se sentir perdu. Mais ils ont certainement jaugé leur silence gêné, cette jeune femme et ce garçon trop grand. Deux ans de différence suffisent à déterminer quel mot on emploie. Femme. Garçon.

Une fois adultes, ils ne parvinrent pas à se rappeler ce dont ils avaient discuté cet été-là. Certes, ils avaient parlé de ce qu'ils étaient parvenus à vivre ou découvrir, en fonction de leur jeune âge. Peut-être avaient-ils également parlé de ce qu'ils pensaient éprouver et connaître, quand ils seraient grands, et quand la guerre serait finie. Ces conversations au bord de la mer ont disparu dans le silence et les mots ont été oubliés. Il ne demeure que la mer et la plage et, chez l'un d'eux, le souvenir de promenades communes en ces lieux, sur l'autre rive des ans qui devaient s'écouler avant qu'ils ne se rencontrent à nouveau. Toutefois, ils se rappelaient avoir nagé ensemble, lorsque les brisants n'étaient pas trop forts. La tante du garçon n'avait cessé de les mettre en garde contre le courant. Il nageait bien et, dans l'eau, ils étaient égaux, cependant, lorsqu'ils regagnaient la rive, il reprenait conscience qu'elle était plus âgée que lui.

Maintes années plus tard, il lui dit qu'il l'avait soupçonnée d'être gentille avec lui uniquement parce qu'il apparaissait comme inoffensif à ses yeux à elle, et parce qu'il était le neveu de la maîtresse de maison. Elle avait souri en l'entendant, mais n'avait pas répondu. Il repensa à ce sourire et à ce regard qui s'était fait de plus en plus absent au court de la brève période qu'ils avaient passé ensemble. Elle paraissait tellement songeuse lorsqu'ils marchaient le long des vagues, restaient sur la plage ou jouaient avec le sable qui s'écoulait entre leurs doigts, jusqu'à ce qu'on les appelle de la maison.

Il n'avait jamais été question de devoirs ni d'exigences. C'était à son initiative qu'elle avait commencé à donner un coup de main à la gouvernante, une femme âgée aux lèvres fines et aux grandes mains. La maîtresse de maison avait pris la jeune fille à part et lui avait rappelé qu'elle était une invitée. Elle avait répondu qu'elle était disposée à prêter main-forte. Elle aidait à préparer le dîner et à le servir, puis elle s'asseyait à sa place, à table, et la gouvernante se retirait dans la cuisine. Elle s'empressait de mettre sa serviette sur les genoux, comme les autres. On lui avait donné un rond de serviette en argent, semblable aux leurs. On gardait la même serviette plusieurs jours, avant de les changer, de les laver et de les mettre à sécher sur le fil derrière la maison, avec les draps et les chemises.

Elle aimait respirer l'odeur du linge propre étendu au vent. Un jour, il l'avait vue, perdue dans ses pensées, alors qu'elle était en train de rentrer la lessive. Elle était là, le nez enfoui dans un drap. Elle s'aperçut qu'il la regardait, et il la vit rougir un peu. Il baissa les yeux, mais il avait été très troublé de découvrir la puissance inattendue de son regard.

Peut-être confondait-il cela avec l'impression de lui avoir dérobé quelque chose, quelque chose qu'il désirait conserver lorsque, un soir, elle avait négligemment laissé ouverte la fenêtre de la salle de bains. Elle ne pouvait l'apercevoir dans l'obscurité tandis qu'elle soulevait doucement ses seins blancs et sensibles et les essuyait avec la serviette. Plus tard, alors que la serviette humide séchait sur le fil à linge, il n'avait pu s'empêcher de la porter à son visage. Mais là, il n'avait ressenti que de l'impuissance et il l'avait relâchée rapidement, de crainte d'être vu de la maison.

Elle ne le voyait pas. Quand il n'était pas là, elle ne pensait aucunement à lui. Elle le voyait seulement s'il était présent et ne souhaitait pas qu'il fût là. Elle ne s'imaginait rien à propos du garçon. Elle ne se rappelait pas à quoi elle avait pensé au cours des semaines précédant son départ soudain pour cette maison de campagne et ces inconnus avec qui elle n'avait pas choisi de passer les vacances. Elle se souvenait qu'elle restait éveillée, la nuit, qu'elle pensait souvent à sa mère sans que celle-ci lui manque vraiment. Elle pensait à cette femme qui était encore sa mère à cette époque, et au petit appartement sombre près du port qui était son foyer.

Elle entendait les bombardiers qui survolaient la région, elle se disait qu'ils allaient atteindre la ville et y lâcher leur charge. Une de ces bombes allait peut-être toucher leur immeuble et s'abattre dans leur salle de séjour. Sa mère se trouverait dans l'abri, au sous-sol, tandis que leur appartement et le reste de l'immeuble s'effondreraient dans un nuage de poussière. Elles étaient descendues à la cave lors des alertes aériennes avec les autres occupants de la cage d'escalier. Certains étaient en pyjama ou en peignoir. Il n'était jamais rien arrivé. La guerre se passait ailleurs, loin derrière les rideaux tirés pour le couvre-feu. Elle était faite de bruits et de voix à la radio, de rumeurs dans la rue, de sirènes sur les toits et du bourdonnement éloigné des avions qui approchaient par la mer.

Ils ont dû plus d'une fois se rendre à bicyclette jusqu'aux prés à moitié inondés, au fond du fjord. Il y était souvent allé seul cet été-là, et les étés précédents. L'horizon emplissait presque tout son champ de vision, interrompu seulement par une plantation au sud et une jonchaie clairsemée à l'ouest. Un abri en planches de pin se trouvait sur une avancée de terre. Il fallait laisser les vélos et continuer à pied pour franchir l'ultime bande de terre bourbeuse. Il lui avait montré comment gagner l'abri en faisant un détour. La remise se dressait là, telle une silhouette solitaire au milieu des nuages et de leurs reflets luisants dans l'eau paisible. Dans la distance, on ne comprenait pas comment quelqu'un était parvenu à transporter les lattes aussi loin, et encore moins comment quelqu'un avait eu l'idée de construire un abri là-bas.

Quand on se retournait, on ne voyait que de l'eau, de l'herbe et le ciel là où les prés cédaient la place au fjord. Ils restaient immobiles et écoutaient le vent et les oiseaux. Des fentes étroites entre les planches de l'abri laissaient filtrer la lumière en des éventails transparents. En collant l'œil contre ces fentes, on voyait dehors. Il l'avait surprise ainsi, s'était approché d'elle et avait posé une main craintive dans son dos, juste au-dessus des reins. Plus tard, il fut stupéfait par sa hardiesse. Elle s'était retournée, l'avait contemplé avec un étonnement enjoué avant de lui écraser le nez avec l'index et de sortir.

Elle le dépassa quand ils rentrèrent par le petit chemin cerné par les prés inondés. Sa robe se tendait sur ses hanches quand elle pédalait, et ses jambes lisses brillaient au soleil. Elle avait sur le jarret une grosse tache de vin qui apparaissait chaque fois qu'elle étirait la jambe. Cela paraissait hideux, cependant, il concentrait toute son attention pendant ces instants où il entrapercevait l'arrière des genoux qui pointaient tour à tour sous la robe voletante. Il se dit qu'il devait reprendre la tête, après tout, c'était lui qui connaissait les lieux. Il se porta à sa hauteur. Elle cria, il n'y avait pas assez de place pour deux vélos de front sur le chemin. L'instant d'après, il perdit l'équilibre. Son rire n'était ni méchant ni insolent. Elle rit quand il se releva, trempé, et couvert de boue. Et, pour lui, une sœur aurait pu rire de la sorte.

Il avait conscience de chacun des mouvements de la jeune fille dans la maison. Il entendait ses pas dans l'escalier, quand elle refermait la porte de sa chambre, avec précaution selon lui. Il aurait été faux de dire qu'elle l'évitait, mais elle ne cherchait pas non plus sa présence. Oui, il se dit parfois qu'elle l'accompagnait à la plage ou en promenade uniquement parce qu'elle était une invitée. Une invitée qui compensait l'hospitalité dont elle jouissait en épluchant les pommes de terre, en mettant le linge à sécher, en causant le moins de bruit possible et en se faisant un devoir de lui tenir compagnie. Mais cela pouvait tout aussi bien être le fruit de son imagination.

Elle était d'une gentillesse égale, même après cette excursion à l'abri, peut-être un peu plus distante. Et encore. Elle se montrait aussi réservée et polie vis-à-vis de lui qu'envers son oncle et sa tante. Il avait l'impression qu'elle se cachait derrière son sourire et sa discrétion, sa bonne volonté à aider dans la maison et ses efforts pour bien se tenir à table. Les premiers jours, il avait remarqué qu'il lui était arrivé plusieurs fois de poser son couteau et sa fourchette contre le bord de l'assiette. Elle s'était reprise et les avait ensuite disposés dans l'assiette, après avoir senti le sourire un peu forcé de sa tante. Il ne savait presque rien d'elle. Elle ne lui avait rien raconté, si ce n'est quelques banalités sur elle-même, et cela la rendait plus mystérieuse encore.

Un jour, en fin d'après-midi, tandis qu'elle travaillait à la cuisine, il entra dans sa chambre. Il y observa les objets et les vêtements d'une jeune fille, rien d'extraordinaire. Il se vit dans le miroir piqué au-dessus du lavabo, le soleil y étincelait, avec un éclat désolé et métallique, autour d'une silhouette floue et sans visage.

Peut-être est-ce cette nuit-là que l'on entendit à nouveau les avions anglais. Le ronronnement morne et monotone fut soudain rompu par un hululement qui prit de l'ampleur et s'interrompit net, suivi peu après d'un fracas étouffé, comme un coup de tonnerre lointain.

Le lendemain matin, très tôt, il s'installa sur la dune la plus proche et l'observa par la fenêtre ouverte de la salle de bains. Il venait de se réveiller quand il entendit les pieds nus de la jeune fille sur les marches de l'escalier laqué. Il se faufila par la porte de l'autre côté de la maison après avoir finalement rassemblé son courage, si tant est qu'il fût poussé par le courage et non par autre chose plus fort que sa peur. Le soleil venait juste d'atteindre le toit et il dut protéger ses yeux avec la main. Elle se baissa soudain et, pendant un instant, ses seins apparurent, comme suspendus à son buste penché. Puis la fenêtre fut claquée bruyamment.

Il descendit à la plage. À son retour, le vélo de la jeune fille n'était plus là. Il essaya de deviner ce qui se passerait lorsqu'elle rentrerait, quand il serait obligé de la regarder dans les yeux. S'il lui permettait de garder ses distances et s'il restait passif, cela reviendrait à admettre qu'il l'avait espionnée. Il était forcé de s'adresser à elle et de la convaincre qu'il s'agissait d'un hasard, même si ce n'était pas le cas. Oui, c'était un malentendu, une coïncidence aussi malheureuse que fortuite s'il s'était trouvé sur la dune au moment précis où elle prenait son bain. Il lui fallait agir car, même si cela risquait de rendre la situation pire encore, c'était préférable à ne rien faire.

Il lui vint à l'esprit qu'elle était peut-être allée aux prés. Il venait de traverser la plantation quand il l'aperçut au loin, venant dans sa direction. Il se dissimula dans l'obscurité des pins serrés jusqu'à ce qu'elle soit passée, une silhouette énergique, inaccessible et inondée de lumière pédalant sur le chemin creux qui conduisait au hameau. Elle était montée dans sa chambre quand il rentra à la maison.

Plus tard, lorsqu'ils prirent le petit déjeuner, elle fit comme si de rien n'était, affichant son habituel sourire bien élevé. Et peut-être n'y avait-il rien… Son oncle expliqua qu'il avait entendu dire qu'un avion anglais s'était écrasé non loin, sur la côte, au nord. Il existe une photo, prise le jour même ou le lendemain par un photographe local. Un soldat allemand monte la garde près de la carcasse de l'avion abattu, on distingue à peine les arceaux tordus de la verrière du cockpit et un morceau d'aile avec une double ligne pointillée qui s'arrête là où les tôles rivetées ont été pliées et cassées. Il y a également deux cercles concentriques sur l'aile : les cocardes de la *Royal Air Force.*

Le médecin-chef demanda s'ils l'avaient entendu. Lui, il avait été réveillé par le bruit. La jeune fille ne réagit pas, mais elle écouta avec attention le compte rendu de ce qu'avaient dit les gens du village. Elle resta dans son coin ce jour-là, c'est du moins ainsi qu'il le ressentit. Mais peut-être est-ce lui qui ne trouva pas le courage de s'approcher. Tout aurait peut-être été normal s'il avait osé. Au dîner, le médecin-chef dit que l'on avait trouvé un parachute qui flottait dans les eaux du fjord.

Elle monta dans sa chambre plus tôt que d'habitude. Lorsqu'il eut gagné son lit à son tour, il entendit les ressorts qui grinçaient à côté. Il attendait qu'elle effleure la cloison d'un pied, d'un coude ou d'un genou, comme s'il s'agissait d'une caresse. Sa tante était encore au rez-de-chaussée, elle écoutait la radio. Il entendit la musique étouffée. Il s'imagina le corps de la jeune fille, dans le noir, de l'autre côté de la cloison, si proche qu'il aurait pu la toucher.

Elle est éveillée, elle écoute le silence. Elle entend la charpente qui grince après avoir été chauffée par le soleil, le robinet qui chante et l'eau qui coule, de l'autre côté du couloir, dans la chambre où le médecin-chef est en train de se brosser les dents. Il se couche lui aussi. Le foyer est déjà plongé dans le calme, mais la maîtresse de maison se trouve toujours près de la radio, sous la lampe qui jette un reflet inutile sur le rideau opaque, comme si la fenêtre donnait sur une paroi rocheuse.

La musique de danse se fraie un chemin à travers le plafond et les lames du plancher, jusqu'à la jeune fille qui tend l'oreille dans le noir. Une musique traînante et fraîche comme la brise qui vient de la fenêtre ouverte. Puis elle pense à la femme mûre assise dans le fauteuil rouge foncé, les bras posés sur les accoudoirs, le regard fixé sur le panneau en tissu du haut-parleur. Elle porte un chemisier blanc, une longue jupe plissée et des bas de soie, comme si elle venait juste de rentrer d'une soirée passée dans un restaurant où l'on danse au son d'un orchestre qui interprète ce genre d'airs.

Les deux femmes écoutent les violons moelleux et les saxophones lents qui jouent pour ceux encore debout dans le pays éteint par le couvre-feu. Elles écoutent la même musique, mais Madame pense être la seule à l'entendre. Oui, elle croit être seule à s'imaginer une piste de danse, en ville, noyée sous les lampes, avec des silhouettes qui valsent, des messieurs en habit, des dames parées de bijoux étincelants autour du cou et des robes longues qui ondulent autour d'elles comme des corolles virevoltantes.

La jeune fille attend que la musique se taise. Puis elle entend les pas de Madame, le bruit de l'eau qui coule dans les tuyaux de la salle de bains, un long silence jusqu'à ce que Madame monte enfin l'escalier et ouvre doucement la porte de sa chambre. Le médecin-chef et son épouse font chambre à part. La jeune fille attend encore un moment, jusqu'à ce que le silence ne soit plus rompu que par le léger claquement du rideau sous l'effet de la brise. Il s'écoule peut-être une demi-heure, voire presque une heure avant qu'elle n'ose s'extirper de son lit, avec maintes précautions. Elle se raidit, se hisse à la force des bras, afin que les ressorts ne la trahissent pas. Elle s'habille sans allumer la lumière, elle tourne la poignée à fond et ouvre la porte sans un bruit. Elle sait quelles marches grincent sous les pas.

Pendant qu'elle aidait à préparer le dîner, elle a rempli un panier et l'a dissimulé dans le bûcher. La clef de la cuisine fait un petit bruit sec. Elle s'arrête, elle attend, puis elle pousse lentement la porte. Celle-ci coince un peu, elle la referme sans la verrouiller. Elle a rangé son vélo à l'écart de la maison. Personne ne l'entend quand elle l'enfourche et se met à pédaler sur le chemin.

C'est une nuit claire et elle n'a aucun mal à s'orienter dans le paysage bleuté, si ce n'est lorsqu'elle traverse la plantation où l'obscurité profonde l'empêche presque de distinguer le chemin. Elle doit lever la tête et suivre l'ouverture entre les faîtes des pins, où le ciel forme une sente bleue au milieu de cette noirceur, avec une lune fine et quelques étoiles isolées. Comme une rivière qui se jette dans la mer, se dit-elle quand elle ressort en terrain découvert et continue sur le chemin cerné par les prés inondés. Bientôt, elle aperçoit nettement la remise, là-bas, sous le limbe de la lune, suspendue dans cette étendue bleue.

Lorsqu'elle est venue ici le matin, le soleil bas éclairait déjà les planches en bois blanc. Un point doré se reflétait clairement dans l'eau, entre les petites rides dans la surface lisse et immobile. Les hirondelles tournoyaient autour de l'abri comme une volée de flèches qui montent dans le ciel et s'abattent d'un trait. Elle ne pouvait savoir qu'elle allait revenir dans la nuit, inquiète d'être vue par quelqu'un, et tout aussi alarmée par sa témérité. Elle n'avait même pas eu l'intention de se rendre à la remise isolée quand elle avait enfourché sa bicyclette, ce matin-là. Elle avait seulement eu envie d'être seule et de rouler au petit bonheur. Ainsi, elle s'était retrouvée à l'endroit le plus déserté qu'elle connaissait. On rencontrait presque toujours quelqu'un sur la plage, mais pas ici.

Elle laissa son vélo lorsque le chemin se rétrécit et continua à pied sur la sente étroite qui menait à l'abri. Elle s'assit contre le mur et ferma les yeux. L'herbe était humide, mais le soleil avait déjà réchauffé les planches, et elle sentit la chaleur dans son dos. Autour d'elle, les hirondelles décrivaient des cercles larges ou rapprochés. Leurs cris faisaient penser à un millier de portes invisibles qui grincent sur leurs gonds.

Plus tard, elle ne sut pas combien de temps elle était restée ainsi. Elle entendit un bruit. Peut-être était-ce un soupir alors qu'elle inspirait, peut-être était-ce un talon qui raclait la terre sèche à l'intérieur. Peut-être était-ce une épaule qui cogna involontairement une planche et la fit craquer, peut-être s'agissait-il d'un léger ronflement. Elle se dit qu'ils étaient restés épaule contre épaule, comme adossés contre un miroir.

Elle se tint un moment sur le seuil, afin de permettre à ses yeux de s'accoutumer à la différence entre la lumière forte du soleil matinal et l'obscurité à l'intérieur de la remise. Elle se dit qu'elle avait peut-être entendu un animal, un hérisson ou un renard. Elle scruta lentement l'abri, où le soleil pénétrait par les fentes dans les cloisons, formant des rais horizontaux et des éventails de lumière. Il était recroquevillé dans un coin. Il dormait.

L'air de la nuit est frais sur ses bras et ses jambes. Le sol humide colle à ses chaussures qui émettent un bruit de succion à chacun de ses pas en direction de la porte de la remise. Elle a un panier à la main. Elle sait qu'on la regarde par une fente entre les planches, une silhouette sombre qui se détache sur le ciel nocturne. Elle ne le voit pas encore, mais elle sait où il se trouve, elle sait qu'il l'aperçoit dans l'embrasure de la porte.

Il l'appelle calmement. Il lui parle de sa voix douce, dans cette langue étrangère dont elle comprend quelques mots, mais dans laquelle elle est incapable d'exprimer même les choses les plus simples. Elle n'a plus peur quand il tend la main et touche son bras, et la laisse glisser jusqu'à son coude. Elle s'accroupit en face de la silhouette tapie dans un coin, elle écoute les bruits affamés qu'il fait lorsqu'il dévore la nourriture.

Elle cherche à se remémorer son visage, dans le soleil matinal qui effleurait les poils de sa barbe et les cheveux tombant sur son front. La boue séchée sur ses joues. Le corps affalé dans la tenue de vol crottée et humide. Le vert brillant de ses yeux, lorsqu'il les a ouverts soudain et a croisé les siens. Elle se rappelle sa surprise lorsque, en l'espace d'une seconde, ses lèvres se sont fendues d'un sourire, comme s'il avait vu un ange.

Elle n'en a pas raconté davantage. Nul ne sait ce qu'ils se sont dit.

La nuit suivante, elle ne dormit pas, elle attendit dans le silence puis se faufila hors de la maison avec son panier. Elle ne savait pas que quelqu'un l'avait entendue. Il la vit par la fenêtre quand elle prit son vélo. Il s'habilla en hâte et courut jusqu'à une dune d'où il put la voir au loin, distincte dans la nuit claire. Elle tourna juste avant le hameau et disparut dans la plantation. Il la suivit à bicyclette, se cachant dans les pins serrés. Il attendit qu'elle ressorte de l'abri. Elle tira d'abord son vélo, l'enfourcha, puis elle se rapprocha et passa à côté de sa silhouette, immobile dans l'obscurité des branches basses couvertes d'aiguilles.

Elle l'évita encore le lendemain. Après le petit déjeuner, elle alla dans les dunes avec un livre. Elle continua de lire quand il vint s'asseoir à côté d'elle. Il essaya d'entamer une conversation, mais elle se contenta de le regarder brièvement avant de baisser les yeux et de se remettre à lire. Elle le pria de l'excuser. Elle posa les yeux sur lui, et le petit tiraillement dans le coin de ses lèvres ressembla à un sourire. De quoi souriait-elle ? Il pensa à ses seins blancs et lourds lorsque, la veille, elle s'était penchée en avant pour claquer la fenêtre de la salle de bains. Cette vision et son sourire le firent rougir, ainsi que la gaieté distante qui se cachait derrière son étonnement désinvolte.

Il partit, à la fois vexé et ridicule, mais il ne put s'empêcher de la regarder. Elle lui tournait le dos, entourée par les élymes des sables agitées par la brise. Elle était là, un livre sur les genoux, elle contemplait les vagues et l'horizon tandis que le vent remuait ses cheveux et les plantes. Il prit son vélo et s'enfonça dans la plantation.

Je ne peux plus faire la distinction entre ce qu'il ne savait pas et ce que j'ai appris, des années plus tard. Je suis incapable de préciser ce qu'il s'imaginait quand il a déposé son vélo dans l'herbe humide et s'est engagé sur la petite sente vers la remise semblable à une île déserte cernée par l'eau et le ciel. Il a hésité devant la porte, comme s'il sentait qu'il était observé. Il n'y avait pas un bruit à l'intérieur et, au début, on ne voyait rien non plus quand on pénétrait dans la pénombre.

On ne se souvient pas de ses pensées, on pense à autre chose lorsque l'on tente de se remémorer ce que l'on a oublié. Cependant, je me rappelle le choc, quand il a entendu des voix, à l'extérieur, et quand un bras l'a tiré brusquement dans le noir. L'inconnu sentait la terre et la sueur et, dans le rai de lumière qui pénétrait entre deux planches, un visage apparut, les yeux écarquillés et l'air menaçant. Les voix se firent plus claires à mesure qu'elles se rapprochaient. L'un des hommes riait. Par la fente dans le mur, il aperçut deux soldats allemands qui s'approchaient de l'abri.

Le pilote relâcha son étreinte. Ils se dévisagèrent tandis que les voix avançaient vers eux. Les yeux verts de l'homme le scrutaient durement, sans ciller. Le garçon baissa la tête, mais il sentait bien que l'autre ne le lâchait pas. Par terre, il y avait une bouteille de lait vide et le reste d'une tranche de pain. Le rai de lumière transperçait la pellicule blanchâtre à l'intérieur de la bouteille.

Elle lui avait donc apporté du lait et du pain. Elle avait trouvé l'endroit où il s'était caché après avoir été abattu, et elle était revenue. Elle avait pensé à lui quand elle était sur la dune, avec un livre sur les genoux, et quand elle contemplait la mer, distante et inaccessible. Elle avait songé qu'elle allait retrouver l'inconnu dans l'abri, une fois la nuit tombée.

Les soldats allemands étaient de l'autre côté de la cloison. Il entendait parfaitement leurs voix, mais ne comprenait pas leurs paroles. Quand il releva la tête, le pilote fit un grand mouvement pour le chasser hors de la remise et qu'il retrouve les soldats approchant de la porte.

Il ne bougea pas quand le pilote réitéra son geste silencieux et désespéré. Il ne pensa à rien pendant les secondes suivantes. En revanche, depuis lors, je n'ai pas cessé de me demander si les soldats allemands m'avaient vu pénétrer dans l'abri et si cela aurait fait une différence si j'étais sorti seul au lieu de leur permettre de nous trouver ensemble.

Peut-être auraient-ils fouillé l'endroit, malgré tout. D'un autre côté, on peut envisager qu'ils se seraient contentés de rire du gamin paniqué qui sortait de sa cachette. Ils auraient poursuivi leur chemin tandis que le garçon les aurait observés en retenant son souffle. Je ne suis jamais parvenu à envisager toutes les conséquences de cette possibilité, et elle n'a donc cessé de me hanter.

Mon oncle et ma tante sont venus me chercher après l'interrogatoire. Elle était partie quand nous sommes rentrés à la maison. Elle avait laissé une lettre. Ma tante l'a lue et l'a tendue à mon oncle. Je suis allé à la plage.

Peut-être avait-elle cru qu'elle pourrait le sauver. Avec le temps, tout cela a pris les allures d'un rêve, toutefois, il me fallait trouver une défense quand je n'arrivais pas à dormir. J'énumérais tout ce qui pouvait faire office d'excuse. Mon jeune âge, la situation désespérée du pilote. L'impossibilité, pour deux jeunes gens, de lui faire traverser le pays et de l'amener à bord d'un de ces cotres de pêche qui passaient des résistants et des juifs en Suède.

Je me suis maintes fois répété qu'il a certainement été traité comme un prisonnier de guerre et qu'il a été interné dans un camp de prisonniers en Allemagne, où la plupart des soldats ont survécu. Je me suis dit qu'il était probablement rentré en Angleterre après la guerre, maigre, mais en vie, et qu'il s'était marié et avait eu des enfants, comme tout le monde. Mais cela ne changeait rien. À ses yeux à elle, ce regard bleu qui me scrutait, je les avais trahis. Et, dans mon for intérieur, je lui donnais raison, car j'aurais pu aisément me tenir à l'écart de la remise.

Après les grandes vacances, je me suis rendu plusieurs fois dans sa rue, près du port. En une occasion, je me suis replié dans une porte cochère et je l'ai vue sortir de son immeuble, belle et seule. Je l'ai suivie de loin à travers les rues qui longent la voie ferrée, laquelle sépare son quartier et le port. Je me souviens distinctement de sa silhouette élancée dans la robe d'été qui se balançait contre ses hanches et ses cuisses au rythme de ses pas. Je revois ses bras bronzés et ses cheveux qui brillent chaque fois qu'elle sort de l'ombre.

Elle passe à pas lents devant le bureau de tabac et le réparateur de bicyclettes sur la petite place, au coin de la rue. Elle continue, apparemment sans but, mais finit par pousser la porte vitrée de la gare. Du quai, on voit les docks, les bateaux et les entrepôts le long des bassins du port.

Elle a sûrement pensé au pilote anglais. Des années plus tard, elle m'a dit que c'était le premier homme à l'avoir touchée. Il lui avait caressé le visage et les cheveux, il avait hésité dans l'obscurité, puis elle avait doucement penché le visage et senti les poils de sa barbe et ses lèvres. Un seul baiser lent et tâtonnant. C'était là toute leur histoire d'amour.

Il avait sorti quelque chose de sa poche et posé dans sa main un objet plat, froid et métallique. Après, elle avait pensé qu'il savait qu'ils ne se reverraient pas. C'était un étui à cigarettes en argent dans lequel il ne restait qu'une cigarette. Elle est maintenue par une attache en élastique jauni, elle n'a jamais été fumée. La surface de l'étui est mate et grise de n'avoir pas été astiquée depuis tant d'années. Les initiales du pilote sont gravées sur le couvercle légèrement bombé : « *M.W.* » Quelques brins de tabac ocre et roux se sont détachés du cylindre de papier et se sont accumulés dans les coins arrondis de l'étui.

Elle me l'a envoyé il y a un an, lorsqu'elle avait compris ce qui l'attendait. Ce sont ses mots exacts. Et c'est la seule lettre que j'ai reçue d'elle après notre rencontre, en outre, elle a clairement insisté pour que je n'y réponde pas. Elle était déjà malade lorsque nous nous sommes revus, mais je ne le savais pas alors. Au fond, nous ne savions presque rien l'un de l'autre, seulement ce que je raconte ici. Nous appartenions à un épisode lointain de notre jeunesse, sans lien avec la vie que nous allions mener. Et c'est peut-être pour cela que nous pouvions seulement en parler par de brèves remarques vagues.

J'ai reconnu dans sa lettre le ton de sa voix, concis, dénué de sentiments, sans trace d'originalité ou de trait personnel, même lorsqu'il s'agissait des choses les plus sérieuses, comme sa mort proche. Comme si, de manière indirecte, elle tenait à signifier que la mort ne représente rien de spécial. Lorsque j'ai reçu l'étui et sa lettre, cela faisait presque quatre ans que nous ne nous étions vus, si ce n'est lorsque nous nous étions croisés fortuitement sur Strøget, à la fin des années cinquante.

Elle avait alors la trentaine, mais je l'avais reconnue immédiatement, même si elle était devenue une dame élégante en tailleur. Elle m'avait reconnu également et avait semblé contente de me voir. Nous nous étions arrêtés au milieu du flot de voitures et de gens. Elle était pressée. Elle s'était mariée et avait un enfant. Elle m'avait dit qu'ils devaient déménager à Paris et avait ajouté que je devais prendre contact avec elle si jamais, un jour, je venais à passer par là.

Je n'avais pas escompté la revoir et il s'écoula de nombreuses années avant que je ne la prenne au mot. Je venais de prendre ma retraite et, quelques années plus tôt, j'avais divorcé de ma deuxième épouse. Je n'ai guère de contact avec mon fils et ma fille de mon premier mariage, même si je veux croire qu'ils m'ont désormais pardonné ce qu'ils avaient à me pardonner. Nous nous laissons mutuellement en paix. Si je présente ainsi ma situation familiale, c'est afin d'expliquer que, pour la première fois, j'étais seul et pleinement libre.

C'était début mai, et j'avais décidé de réaliser un vieux rêve : passer un mois à Paris. Je n'y étais pas revenu depuis mon voyage de noces avec ma première femme, quarante ans plus tôt. Il ne m'a jamais été possible de voyager autant que je l'aurais souhaité et, avec le temps, ma soif d'aventures s'est estompée. Peu après la naissance de notre fils, nous avons acheté une maison de campagne où j'ai passé quasiment tous mes week-ends et mes congés, même après mon premier divorce, alors que les enfants avaient quitté la maison.

Nous étions descendus dans un petit hôtel de la rue du Dragon. Il était toujours là, mais notre chambre au dernier étage était prise, et j'en ai eu une qui donnait sur la cour. De fait, la vue ne méritait guère que j'en parle dans mes cartes postales. Je voyais dans la chambre d'en face, lorsque la lumière était allumée derrière les voilages. Mais c'était plus calme qu'une chambre sur rue, et j'avais les moyens de rester aussi longtemps que j'en avais envie. La chambre d'en face a maintes fois changé d'occupant durant mon séjour, des silhouettes furtives qui apparaissaient derrière les minces rideaux blancs et transparents quand les volets n'étaient pas fermés.

Au fond, je ne trouvais pas que la ville avait tellement changé. Les rues, avec leurs façades gris clair, leurs contrevents et leurs platanes, et les cafés, avec leurs grands stores, leurs terrasses et leurs cloisons vitrées étaient toujours pareils. Peut-être est-ce ma mémoire qui me joue des tours, car Paris a changé autant que moi. Il y avait beaucoup de personnes venues d'autres continents et, comme dans toutes les villes, on trouvait toujours quelqu'un en train de parler seul dans son téléphone portable.

Je m'étais fixé comme objectif de visiter un nouveau quartier chaque jour. Et je me suis mis à la tâche de manière systématique. J'avais scotché un plan sur le mur et je marquais au stylo où j'étais allé et quelles rues j'avais empruntées. Ainsi, ma vision de Paris finit par former un motif dont les fils et les mailles se firent de plus en plus serrés.

La sensation d'être perdu dans une poche de la grande cité me faisait du bien. Je pouvais rester longtemps sur mon lit et contempler le ciel par le puits de lumière. Lorsqu'un nuage lourd s'approchait, je me disais qu'il pleuvait peut-être déjà sur les arrondissements du nord. Je pensais aussi que, vu du ciel, l'ensemble avait l'allure d'un colosse de pierre, traversé par des fissures et des fentes qui se rejoignaient pour former des étoiles attenantes.

J'aime marcher et je peux toujours me promener longtemps sans être fatigué. Je ne suis pas allé dans les musées. Cela ne m'a jamais intéressé. J'y suis allé seulement lorsque j'y étais forcé, à l'école, ou en compagnie d'une de mes épouses qui tenait absolument à voir telle ou telle exposition. Par ailleurs, je déteste me retrouver en compagnie d'autres touristes. Cependant, quel touriste aime cela ? Mais peut-être ai-je tort. En tout cas, je préfère arpenter les quartiers où les gens vivent, font leurs courses et vaquent à leurs activités normales. J'aime bien prendre une bière en terrasse et observer les passants, j'apprécie d'être à l'écart de l'agitation et, en même temps, de faire partie du spectacle changeant de la rue, anonyme et inaperçu.

Je suis quasi certain d'avoir pris la décision d'aller à Paris sans songer à mon amourette d'autrefois, pendant la guerre. Ce n'est donc pas ce qui m'a poussé à partir, mais, une fois sur place, je n'ai, bien entendu, pas pu m'empêcher de chercher son nom dans l'annuaire. J'ai hésité un moment, car je me sentais ridicule. Qui disait qu'elle habitait encore Paris après toutes ces années ? Je me rappelais encore son nouveau nom de famille, qui n'était plus si nouveau que ça. Il n'y avait qu'un abonné à ce nom. J'ai trouvé sa rue sur le plan, je me suis promis de l'appeler, mais je n'ai cessé de repousser ce coup de fil.

Un dimanche après-midi, je me suis mis en tête d'aller au bois de Boulogne, où je n'avais encore jamais mis les pieds. J'ai pris le métro jusqu'à la porte Maillot. Je me suis retrouvé, perdu dans un coin, à scruter mon plan et à regarder le vaste rond-point, les grands immeubles modernes et le périphérique qui traverse l'ensemble avec son flot incessant de voitures. Pour finir, j'ai hélé un taxi et lui ai demandé de me conduire au lac Inférieur. J'ai fait le tour du lac. Des gens faisaient de la barque, d'autres étaient allongés sous les pins. Il y avait des couples, des troupes d'adolescents et des familles avec chiens, enfants et glacières.

J'ai regretté d'être venu. Il faisait chaud, et je m'étais trop couvert. Le ciel était nuageux quand j'avais quitté l'hôtel, et j'étais même retourné mettre un pull. La chaleur et ma tenue ont renforcé l'impression que je n'étais pas à ma place. Je me suis senti isolé, alors que tous les gens étaient accompagnés. Je ne m'étais jamais senti isolé ; j'étais seul, mais c'est différent.

J'ai soudain songé au nombre d'années pendant lequel j'avais vécu comme eux. Je travaillais toute la semaine et faisais un boulot que je n'aimais pas afin d'avoir les moyens d'acheter un tas de trucs dont je n'avais pas vraiment besoin. Le dimanche, je faisais une excursion avec ma famille ou j'allais à la maison de campagne, située sur une parcelle d'une plantation. Là, on voyait des familles dans leur maison de campagne, exactement comme dans notre pavillon de banlieue à Copenhague.

Je ne l'avais jamais confié à personne, mais, parfois, je trouvais ça totalement vain de bosser toute la semaine pour pouvoir passer le dimanche en voiture, jouer au ballon avec mon fils, arranger le grillage et déjeuner sous le parasol. La vraie vie semblait se concentrer le dimanche et pendant les vacances, cependant, cela me paraissait souvent étonnamment vide. Il m'arrivait de me sentir détaché de cela, comme si je voyais un film, et ce, même si j'aimais mes enfants, mes épouses, et même si j'aurais dû être satisfait de mon sort. J'étais toujours soulagé quand revenait le lundi, quand je retournais travailler. Mais là, sur la rive d'un lac du bois de Boulogne, je me suis senti à l'écart en voyant ces familles avec les enfants et les grands-parents, en observant ces jeunes couples dans les barques sur le lac, où il y avait une petite île, un restaurant et, plus bas, une cascade cernée de rochers couverts de mousse.

Il me manquait de faire partie d'une de ces familles qui se contentaient d'être ensemble, de se promener, de flâner au soleil et de s'ennuyer par un tel dimanche de mai. Soit l'on a envie d'être inclu dans un groupe, soit l'on désire être seul. On peut également aspirer à partir, non pas dans un lieu précis, mais à partir, tout simplement, et l'on peut aussi avoir hâte de rentrer chez soi. Moi, j'étais loin, j'étais loin de tout après avoir attendu tant d'années, et je n'avais pas de chez moi qui m'attendait, si ce n'est un appartement silencieux que j'avais agencé et décoré jusque dans le moindre détail. Ce qui, soit dit en passant, était la première fois depuis que j'avais quitté la maison de mes parents, à dix-huit ans. J'étais donc sur le point de m'apitoyer sur mon sort, ce qui n'est pas dans mes habitudes. Et je n'aimais pas cela.

J'ai fini par m'égarer et je suis parvenu sur une route avec des voitures en stationnement, et cette route m'a amené derrière une des tribunes de l'hippodrome d'Auteuil. Une femme était en train de panser un cheval derrière la clôture. À l'autre bout de la tribune, par-delà de grandes étendues d'herbe, j'ai vu un gros ballon jaune qui grimpait dans le ciel. Lorsque j'ai tenté de rebrousser chemin, j'ai abouti une fois encore au bord du périphérique où les voitures fonçaient à la queue leu leu. J'ai été soulagé de découvrir un chemin jusqu'à la porte de Passy et de me retrouver dans une rue banale, avec des immeubles banals où le vide du dimanche semblait moins envahissant.

Je me suis assis à la terrasse d'un bistrot. Je me suis installé avec mon demi, je me suis détendu en écoutant les voix des tables alentour, très content de ne pas comprendre ce que les gens disaient. Alors que, peu auparavant, j'étais triste de me promener seul, tel un étranger exclu au milieu des familles qui profitaient de leur dimanche au bois de Boulogne, là, j'endossais de nouveau avec plaisir ce rôle d'observateur de la vie. La vie des autres, ou plus précisément, des fragments de vie d'autres personnes que j'observais de mon coin de table sous le store. Un rire, un sourire, un geste dont j'allais me souvenir, mais que les passants allaient oublier. Des visages qui disparaissaient l'instant d'après, emportés par le cours paisible de l'après-midi, sous le soleil qui perçait à travers les feuilles des platanes et formait un tourbillon confus de vert et de jaune.

J'ai consulté mon guide avec les plans de chaque arrondissement de Paris afin de déterminer exactement où je me trouvais. C'est ainsi que j'ai découvert qu'elle habitait le quartier. Je suis rentré dans le café et je l'ai appelée. À ma grande surprise, elle a répondu. Au fond, je ne sais pas pourquoi cela m'a semblé étrange. En tout cas, elle n'a pas paru étonnée, comme on aurait pu s'y attendre. Elle était toujours aussi distante et froide, même si, en réalité, je n'ai pas de point de comparaison. Je lui ai demandé si elle se rappelait que nous nous étions croisés sur Strøget. J'ai dit que j'étais dans le coin. Elle a répondu qu'elle venait me rejoindre.

Cette fois-ci, j'ai eu du mal à la reconnaître, cette dame âgée qui, une demi-heure plus tard, s'est arrêtée devant la terrasse et a posé un regard scrutateur autour d'elle. Elle portait de grosses lunettes de soleil et ses cheveux étaient ramenés en un chignon un peu désuet. Elle comptait parmi ces femmes d'un certain âge dont on ne remarque pas que les cheveux grisonnent, parce que leurs cheveux blonds paraissent fanés et un peu flétris depuis longtemps, comme la paille ou les cordages qui sont restés exposés au soleil et à la pluie. À son accent, j'ai entendu qu'elle avait vécu de nombreuses années en France. Son danois était maladroit, elle employait des mots et des tournures passés de mode depuis longtemps.

Je l'ai reconnue lentement quand elle a ôté ses lunettes noires, j'ai retrouvé son regard bleu si particulier, son visage large et son sourire. Sa voix avait changé, elle était désormais fragile et un peu traînante, comme souvent chez les personnes de son âge. Mais qu'est-ce que je raconte ? Après tout, elle n'avait que deux ans de plus que moi. Deux ans qui font toute la différence lorsque l'on est un garçon trop grand qui ne sait que faire de son amour pour une jeune femme qui, au fond, a le même âge que lui. Je lui ai demandé ce qu'elle voulait boire. Elle a pris un verre de rosé, j'ai commandé un autre demi, un peu gêné par mon mauvais français. Mais elle a eu le tact de ne pas le mettre encore plus en évidence, et elle s'est abstenue de passer elle-même la commande.

Son mari avait été en poste à Paris pendant plusieurs années pour le compte d'une grande entreprise, et elle y était restée après leur divorce. Ils avaient un fils qui vivait au Danemark, où il s'était marié et avait eu des enfants. Elle avait jadis suivi une formation d'infirmière et, ces dernières années, elle avait travaillé pour une organisation humanitaire. Elle s'était ainsi rendue dans la majeure partie de l'Asie. Je l'ai observée pendant qu'elle parlait, et j'ai répondu à ses questions de manière aussi concise que possible. Je n'ai jamais aimé parler de moi et puis, après tout, nous avions seulement passé ensemble quelques semaines de vacances.

Nos vies respectives ne possédaient pas de points communs. Comme nous n'étions pas restés en contact depuis lors, je fus encore plus frappé par ce que le temps fait à un visage et à un corps, en termes d'usure, de dégradation et d'outrages. Toutefois, nous avons rapidement surmonté notre perplexité. C'était simplement une sorte de formalité qu'il fallait régler. En quelques minutes, nos retrouvailles nous ont paru presque évidentes, comme si les existences que nous avions menées chacun de son côté n'avaient pas duré plus que le temps de grandes vacances. Il y avait un je-ne-sais-quoi d'intime ou de familier à se retrouver ainsi face à face à la terrasse d'un café parisien. Le monde change en faisant des écarts inattendus, comme un glissement de terrain brutal, et pourtant la réalité reste la même, avec les tables, les chaises, les voitures qui filent, les serveurs en habit noir et tablier blanc.

L'inquiétude que je ressentais n'était pas due au fait que je l'avais retrouvée dans cette ville gigantesque, où je n'avais rien à faire et que j'arpentais seulement au gré de ma fantaisie et de ma curiosité. Nous avions conscience tous les deux qu'il y avait quelque chose que nous ne pourrions pas éviter d'aborder. Une chose à laquelle je pense de temps en temps, lorsque je ne trouve pas le sommeil, ou lors de ces rares dérapages dans le fil des jours, lorsque l'on est la proie d'un souvenir involontaire. Moi, j'ai toujours choisi d'aller de l'avant. Mais je l'ai retrouvée à un moment de mon existence où l'on n'a plus grand-chose à attendre. D'un autre côté, je dois admettre que mon passé ne m'a jamais paru aussi lointain, avec tous ses faits aussi inéluctables qu'insondables.

J'oublie de dire qu'elle m'observait également, naturellement. Je ne l'ai pas crue quand elle a dit que je n'avais pas changé. Nul ne reste le même quand dix ou vingt ans se sont écoulés, encore moins une vie entière. Certes, la personnalité peut montrer une inertie et une absence d'évolution considérables. Était-ce vraiment important, ce dont nous nous rapprochions tandis que nous parlions de mon oncle le médecin-chef, de ma tante qui était décédée depuis longtemps, et de la maison où nous avions passé quelques semaines de vacances ? Il y avait tant de choses que nous ignorions et que nous n'avions pas besoin de savoir. Un simple épisode qui s'était déroulé dans notre jeunesse allait-il se révéler être un fait déterminant ?

Je ne l'avais jamais pensé. Et elle ? J'ai certainement dû me le demander quand j'ai croisé son regard clair et distant, entouré de ses traits vieillis qui n'avaient plus en commun que les contours avec ceux que j'avais connus jadis. Une jeune fille aux pommettes saillantes et aux seins blancs et lourds entraperçus dans la pénombre de la salle de bains de la maison de campagne. Et c'était la jeune fille qui m'observait par les yeux bleus et insistants du visage de la femme âgée.

Elle habitait le quartier, juste au coin, boulevard de Beauséjour. Elle m'a invité à prendre le thé chez elle. Lorsque nous avons traversé l'entrée de l'immeuble, imposante avec son fer forgé et son marbre, pour aller jusqu'à l'ascenseur, j'ai aperçu la tache de vin derrière son genou, clairement visible à travers les mailles du bas sous la jupe noire. C'était un appartement somptueux du début du siècle, et les hautes fenêtres donnaient sur les arbres du parc en face.

L'appartement était grand, je l'ai bien entendu lorsque le bruit de ses pas s'est estompé sur le parquet du couloir. Je n'ai pas compris qu'elle tienne à vivre seule dans un logement aussi vaste. Le salon était décoré de meubles anciens et de tapis persans. On aurait dit que rien n'avait changé depuis des décennies. Le ciel se couvrit à nouveau, et la pièce prit un reflet terne et vert. Je me suis aperçu dans le miroir au cadre doré, au-dessus de la cheminée du coin. J'ai trouvé que j'avais l'air vieux dans cette lumière terne, voûté et chauve avec mon coupe-vent. J'ai entendu un grondement lointain. J'ai cru tout d'abord qu'il s'agissait d'un avion, mais lorsqu'il s'est répété, j'ai compris que c'était le tonnerre.

Nous étions assis devant une porte-fenêtre donnant sur le balcon étroit qui courait sur toute la longueur de la façade. Les arabesques entrelacées de la grille en fonte se mêlaient aux feuilles et aux branches des arbres en face. On entrapercevait quelques silhouettes isolées qui passaient sur la pelouse du parc, des personnes âgées, des femmes avec une poussette ou un enfant à la main. De temps en temps, la brise fraîche gonflait les rideaux légers pendant un instant, puis ils retombaient. Il y eut un éclair, suivi d'un coup de tonnerre, plus proche cette fois. Puis les premières gouttes de pluie lourdes sont tombées, et, rapidement, la vue a été voilée par des fils d'eau étincelants.

Nous avons très peu parlé de nous-mêmes. Mais, franchement, y a-t-il tant de choses à raconter ? De longues périodes, oui, des décennies peuvent aisément être condensées en une ou deux phrases. En revanche, une seule phrase cache parfois une histoire entière, si tant est que l'on juge qu'elle vaut la peine d'être contée. Visiblement, elle ne le pensait pas et, en ce qui me concernait, j'étais enclin à lui donner raison. Son mari l'avait quittée et était rentré au Danemark quand il avait rencontré une femme plus jeune. Elle avait alors recommencé à travailler, ce qu'elle n'avait pas fait depuis leur arrivée à Paris.

Elle m'a parlé de ses séjours en Asie. Quelques années plus tôt, elle avait passé deux mois dans le nord-est de l'Inde, près de la frontière avec le Bangladesh.

Il se mit à pleuvoir plus fort encore, il faisait sombre dehors et l'obscurité du salon était seulement rompue par des éclairs violacés. J'ai vu courir un jeune couple japonais, avec leur guide sur la tête, ils se sont réfugiés sous un arbre. Quand j'ai regardé à nouveau, ils avaient disparu.

Certains villages du delta du Gange n'étaient accessibles qu'à moto, en empruntant les digues étroites qui séparaient les labyrinthes de rizières. Elle avait vu les champs inondés de l'avion, avant d'atterrir à Calcutta. Cela avait été une expérience enivrante de se retrouver à l'arrière d'une moto, elle, une femme de soixante ans, et de passer au milieu de ces étendues recouvertes d'eau immobile dans lesquelles miroitait le ciel, séparées par les digues pavées pour que celles-ci ne s'écroulent pas durant la mousson. Parfois, elle apercevait un bœuf aux cornes recourbées, avec de l'eau jusqu'à la poitrine et dont le moindre détail se reflétait, de la corne à la queue. Elle m'a dévisagé, et j'ai su que nous voyions chacun un paysage différent.

Lorsque je pense à elle, je l'imagine sur une moto, âgée, les cheveux gris, les bras autour de la taille d'un jeune Indien qui la conduit dans le delta du Gange. Elle a laissé derrière elle tout ce qu'elle connaît, elle qui a été abandonnée par l'homme avec qui elle vivait. Alors qu'elle roule ainsi sur les barrages et les digues, il ne reste rien de la vie qu'elle a menée durant tant d'années. Il ne reste que le souvenir de cet été-là, quand elle pédalait sur un sentier semblable, entourée d'eau, à l'autre bout de la terre et sur les rives opposées des ans, sur l'une des impasses de sa jeunesse.

Nous n'avons pas bougé, le ciel s'est obscurci, la pluie a faibli avant de tomber à nouveau avec force. Un éclair a duré assez longtemps pour me permettre d'en voir ses ramifications, sinueuses et toujours plus fines, à l'instar des fissures dans un mur. Pour finir, nous nous distinguions à peine, nous n'étions plus que deux voix face à la pluie et au tonnerre tout à tour lointain ou proche. Puis elle dit que j'avais dû me poser des questions lorsqu'elle avait disparu si brusquement. Elle m'aurait volontiers dit au revoir, mais je n'avais pas été là quand elle avait pris la décision de rentrer chez elle. Je n'ai pas répondu. J'ai observé la silhouette dans le fauteuil placé devant la fenêtre du balcon. Son visage se fondait presque avec les ombres autour de nous.

Elle m'a demandé si je me rappelais l'abri abandonné que je lui avais montré, à l'extrémité des prés inondés, tout au fond du fjord. Me souvenais-je aussi de l'avion anglais qui s'était écrasé non loin, et de ce qui avait été dit au village ? On avait retrouvé un parachute. J'ai acquiescé, mais, dans la pénombre, elle ne m'a sûrement pas vu. Elle m'a parlé du pilote anglais qu'elle avait trouvé. Je l'ai laissée parler. C'était la première fois qu'elle racontait cette histoire, dit-elle après un silence. Elle s'était imaginé alors que l'on aurait peut-être pu le cacher ailleurs.

Elle avait songé à se confier à mon oncle. Elle s'y était même résolue quand elle était rentrée à la maison, la deuxième nuit. Mais ils n'étaient pas encore levés lorsqu'elle s'était réveillée. Et, en prenant son bain, elle avait senti à quel point elle était fatiguée de n'avoir pas dormi pendant deux nuits d'affilée. Elle s'était recouchée et avait sommeillé jusqu'à midi. Il n'y avait personne à la maison, à l'exception de la gouvernante. Celle-ci lui avait dit que des soldats allemands étaient venus, et qu'ils avaient demandé à mon oncle et à ma tante de les accompagner.

Je ne l'ai pas interrompue. La pluie avait cessé et l'on n'entendait plus que quelques coups de tonnerre dans le lointain. Il n'y avait presque pas de circulation dans les rues de Passy en ce dimanche soir. C'était tellement calme que j'entendais les gouttes tomber des arbres dans le parc, où les lampadaires avaient été allumés.

Elle avait traversé la plantation mais, au bout du chemin, un camion allemand entouré de soldats barrait la route. Elle avait fait demi-tour, en essayant de se rappeler si elle avait oublié quelque chose près de la remise qui aurait pu attirer l'attention des Allemands. Elle s'était demandé si quelqu'un l'avait aperçue, la nuit, lorsqu'elle avait traversé la plantation et les prés inondés. La maison était toujours vide à son retour, exceptée la gouvernante à la cuisine. Elle était montée dans sa chambre, avait fait sa valise, écrit une lettre pour ma tante qu'elle avait déposée sur la table de la salle à manger, puis elle s'était faufilée hors de la maison.

Elle avait foncé jusqu'à la gare, avec sa valise qui balançait sur le guidon, paniquée à l'idée d'être arrêtée. Elle avait pris un omnibus jusqu'à la ville la plus proche et avait été obligée d'attendre plusieurs heures le train pour Copenhague. Elle était arrivée chez elle au petit matin. Sa mère lui avait reproché d'avoir filé aussi brusquement et avait ajouté qu'elle s'était comportée de manière ingrate. Ma tante n'est jamais retournée chez sa mère.

Nous sommes restés silencieux un moment. Puis elle m'a demandé si quelqu'un avait eu des soupçons après son départ. J'ai répondu non. La lettre qu'elle avait laissée avait apparemment rassuré mon oncle et ma tante.

Dans le train qui traversait la nuit d'été, elle avait pensé au pilote anglais. C'était là qu'elle avait réellement commencé à songer à lui. Elle avait pensé à son regard apeuré lorsqu'il s'était réveillé et l'avait aperçue devant lui, dans un éventail de lumière qui passait par les fentes entre les planches de l'abri. Elle avait pensé à son sourire, à ses mains chaudes, à leur douceur et au souvenir curieux de ses poils de barbe contre son visage, le lendemain. Elle s'était dit qu'il avait été le premier homme à la caresser, le premier homme qu'elle avait embrassé, et elle avait décidé qu'elle n'en parlerait jamais à personne.

Je ne l'ai revue que ce jour-là. Elle m'a demandé combien de temps je restais à Paris, et nous avons dit que nous devrions nous revoir. Elle m'a donné son numéro de téléphone, mais je ne l'ai pas appelée. Elle a pris la peine de trouver mon adresse afin de m'envoyer l'étui à cigarettes du pilote lorsqu'elle a su qu'elle allait mourir. Il y a environ un an, je suis tombé par hasard sur son avis de décès dans le journal. Il était seulement écrit : « Copenhague 1927 — Paris 1999. » L'annonce était signée : « La Famille. »

Elle n'avait pas parlé de sa famille, si ce n'est de sa mère, qui était morte depuis longtemps, de son mari, lequel ne faisait plus partie de sa famille, et de leur fils. Nous n'avions pas parlé de nos enfants. Je le répète, nous n'avions quasiment rien dit sur les années qui se sont écoulées depuis la guerre, même si elles ont été chargées pour chacun de nous. Nous avions parlé d'autrefois, de notre jeunesse et du pilote anglais. En fait, c'est elle qui a parlé. Elle m'a confié qu'il ne s'était pas passé un jour sans qu'elle pense à lui. Elle avait été un peu gênée de faire si grand cas de cette histoire dans laquelle elle avait été impliquée de manière accidentelle.

Après la guerre, elle avait vu ces photos qui nous ont tous frappés, ces photos des camps, des masses d'êtres squelettiques empilés, des morts et d'autres personnes décharnées aux grands yeux exorbités qui avaient à peine survécu et qui regardaient l'appareil avec une expression stupéfaite. Ils avaient l'air de ne plus savoir s'ils étaient encore des hommes. Comme s'ils ne pouvaient penser que la personne qui verrait cette photo parviendrait à s'imaginer qu'ils avaient autrefois arpenté les rues d'un village banal, avec des vêtements banals, qu'ils avaient autrefois eu un corps banal et une vie banale et réelle. Elle avait vu ces photos et avait eu honte, même si elle n'était pour rien dans les souffrances de ces gens.

Elle avait eu honte car elle n'avait partagé ni leurs malheurs ni leur survie. La guerre s'était déroulée ailleurs et son histoire était tellement insignifiante. La première histoire d'amour d'une jeune femme. Elle avait eu honte de s'être fait autant de soucis pour le pilote anglais qui, selon toute vraisemblance, avait été traité comme prisonnier de guerre et non comme l'un de ces squelettes vivants qui auraient dû être morts et le savaient. Il était probablement rentré dans son village anglais, amaigri peut-être, mais pas aussi décharné que les autres, et il s'était certainement dépêché de trouver une gentille fille et de la mettre enceinte.

Elle aurait pu essayer de retrouver sa trace, de découvrir qui s'était caché derrière les initiales *M.W.* sur l'étui à cigarettes. Elle n'en avait rien fait. Elle avait laissé passer les années, en pensant à lui lorsque rien d'autre n'occupait son esprit. Il était une pensée sous toutes les idées fugaces qui lui traversaient la tête. Et il était précisément devenu une pensée plus qu'un souvenir car, avec le temps, elle n'avait plus été capable de se rappeler à quoi il ressemblait. Elle ne l'avait jamais vu hors de la remise, seulement dans la pénombre, le matin où elle l'avait découvert, et où, pendant deux nuits de suite, ils s'étaient cherchés à tâtons, deux ombres parmi les ombres.

Il lui avait parlé, mais elle n'avait pas compris la moitié de ses paroles et avait oublié le reste. Oui, de manière étonnante, elle avait oublié ce que son premier amour lui avait dit. Elle se souvenait de leur amour, de ce qu'elle avait perçu, la chaleur et la douceur de ses mains et les paroles à peine compréhensibles.

Une fois dans l'ascenseur, j'ai eu honte moi aussi. C'est pour cela que je ne lui ai pas téléphoné. Le goudron du boulevard de Beauséjour était noir et luisant dans la lumière orange des réverbères, comme un miroir opaque qui reflétait seulement les contours obscurcis des choses. Pendant plus de cinquante ans, j'avais cru qu'elle avait filé de la maison de campagne de mon oncle et de ma tante parce que j'avais trahi son pilote. J'aurais pu le lui dire, mais je n'en ai rien fait. Du reste, à quoi cela aurait-il servi ? Le fait d'être innocent à ses yeux ne faisait qu'augmenter mes remords. Pour ainsi dire, mon sentiment de culpabilité avait été vain, mais il était redoublé maintenant que j'avais omis de lui raconter ma version de notre histoire. Lui raconter qu'elle était la nôtre et non seulement la sienne.

Je suis allé sur sa tombe. Je ne dirai pas en détail comment je l'ai trouvée, tout ce que je peux dire, c'est que cela a été difficile. Il est déjà parfois laborieux de trouver une personne vivante, mais la chose est encore plus compliquée lorsqu'elle est morte. Il m'a fallu chercher longtemps, malgré les instructions que l'on m'a données au bureau du cimetière. Je n'étais pas dans de bonnes dispositions pour me rendre au cimetière. Je n'en vois pas l'intérêt et, autant que possible, j'évite d'aller aux enterrements, sauf si c'est une obligation.

C'était un jour de novembre froid et pluvieux et de grosses gouttes tombaient des branches des arbres sous le ciel lourd. Si j'avais pensé que les morts possèdent une forme de conscience, ils m'auraient fait de la peine. Car ils étaient tout seuls, alignés dans leurs concessions le long des allées couvertes de gravier, à peu près comme les pavillons de banlieue où tout semble aussi gris et vide par un de ces jours d'automne. Elle était donc là, sous une dalle lisse en marbre du Groenland. Un bouquet à moitié fané était posé sur la tombe, des roses rouge foncé, presque brun.

J'avais un bouquet moi aussi, des tulipes hollandaises que l'on peut acheter toute l'année. Je les ai posées à côté du bouquet fané et je me suis dépêché de repartir. Cela m'a paru soudain faux et mensonger de déposer des fleurs sur la tombe d'une femme que je n'avais jamais vraiment connue, si ce n'est dans une acception large ou élastique du mot. J'étais un peu gêné d'avoir cédé à cette lubie sentimentale, et j'ai regretté d'être venu et d'avoir gaspillé du temps et des efforts pour retrouver sa dernière demeure. Brusquement, cela m'a paru être une tentative déplacée de manifester un lien qui n'avait jamais été réel.

Et pourtant, je suis revenu. On pourrait penser que j'avais d'autres choses à faire, ce qui est vrai, même si je suis prêt à admettre que c'est parfois une corvée de tuer le temps lorsque l'on est à la retraite. Les jours et les heures du calendrier réclament d'être remplis, ils se moquent par quoi, du moment que le vide soit comblé. Même si les années passent plus vite quand on vieillit, les jours paraissent parfois longs et pénibles, avec des ornières qu'il faut contourner. Je ne saurais expliquer clairement pourquoi j'y suis retourné, et peut-être n'y a-t-il aucune explication. Peut-être était-ce ma curiosité qui avait été éveillée par le bouquet de roses fanées que j'avais vu sur la tombe.

Je suis revenu, non pas une fois, mais plusieurs, à deux semaines ou un mois d'intervalle. J'apportais toujours des fleurs et, chaque fois, il y avait un bouquet de roses fraîches ou jaunies. Les vieux bouquets étaient enlevés à mesure que les nouveaux étaient déposés, les miens et ceux de l'autre. J'étais certain que nous n'étions que deux. Sous l'impulsion du moment, j'avais choisi des roses rouges lorsque je suis revenu la deuxième fois, et je m'en suis tenu aux roses par la suite. Il s'est ainsi instauré un dialogue entre moi et l'inconnu, par le biais des roses. Tour à tour, nous déposions des fleurs fraîches et jetions le bouquet qui avait fané entretemps.

Un après-midi de fin février, il s'était mis à neiger quand je suis arrivé sur place. Comme d'habitude, j'ai enlevé le dernier bouquet flétri, même si je ne savais pas si c'était moi ou l'autre personne qui l'avais déposé, puis j'ai posé le nouveau à sa place devant la pierre tombale et me suis préparé à rentrer. Il était là, à deux pas derrière moi. Je ne l'avais pas entendu.

Il a souri, presque gêné, et j'ai été frappé de voir que l'embarras lui allait bien et le desservait en même temps. Il lui seyait parce qu'il apportait une note douce à ses traits masculins et fermés. Mais il ne collait pas avec l'allure droite et impeccable, les cheveux argentés peignés en arrière, le front haut et le visage rasé de frais et ridé. Il avait des lèvres fines, un menton carré et ce que l'on appelle un profil aristocratique. Il était bronzé et, entre le col remonté de son manteau sombre, j'ai aperçu une chemise bleue et une cravate à rayures. Moi, cela fait des années que je ne me suis pas senti obligé de mettre une cravate.

Il paraissait avoir le même âge que moi, peut-être un ou deux ans de plus, mais c'était un homme dont on dira qu'il était bien conservé. Le bouquet de roses pendait au bout de son bras droit, il cachait le gauche derrière son dos. Il est passé devant moi sans dire un mot, comme s'il avait fait la queue. Il a pris son temps. Il s'est accroupi et a posé son bouquet à côté du mien, sur le gravier qui entoure la pierre tombale. Peut-être voulait-il me donner la possibilité de disparaître avant qu'il ne se retourne.

Je n'ai pas bougé. Je suis incapable de dire si c'est par curiosité, ou parce que j'en étais venu à le considérer comme un rival, un rival post mortem si l'on veut. Il s'est relevé, il est resté un moment tête baissée à contempler la pierre lisse où les flocons de neige tombaient dans les creux des lettres en bronze. Puis il s'est retourné vivement et m'a tendu la main.

« Nous n'avons pas l'honneur de nous connaître... »

Nous avons emprunté une allée qui séparait les secteurs du cimetière. Il faisait une demi-tête de plus que moi. Il ne cessait de plisser les yeux et j'ai tout d'abord cru que c'étaient les flocons de neige qui le gênaient, mais il les plissait encore lorsque nous sommes entrés dans le café situé dans un immeuble anonyme en face de l'entrée du cimetière. Nous nous sommes assis dans un box près de la fenêtre, il a commandé un whisky pour chacun. Les vitres étaient en verre brut marron qui donnait à la neige une lueur cuivrée, et la lumière du jour pénétrait jusqu'à nous avec un reflet appauvri.

On ne voyait guère de clients dans cet éclairage tamisé. Dans une pièce voisine, on entendait les petits claquements secs des billes qui s'entrechoquent sur une table de billard. Un vieil homme maigre était installé dans un coin. Il portait un pyjama d'hôpital sous son manteau, un sparadrap collé sur son cou maintenait une petite valve. Un chien à poils longs gisait sur la moquette à côté d'un autre homme, au bar, qui parlait à la serveuse. Il nous tournait le dos, et l'on voyait son gros derrière sous le pantalon et la veste.

Je me suis retourné vers le monsieur qui me faisait face. Cela avait paru naturel qu'il m'invite à prendre un verre, lorsque nous étions à côté de la tombe sous la neige. Il m'avait demandé qui j'étais et depuis quand j'avais connu son ex-femme.

« Cinquante-sept ans ? Cela fait bien longtemps », avait-il répondu en souriant. Plus longtemps qu'il ne l'avait connue, lui. J'ai ajouté que nous nous étions rencontrés lorsque nous étions adolescents. Et nous avions perdu le contact depuis, ai-je précisé lorsque nous sommes arrivés au bout de l'allée. Les flocons de neige tourbillonnaient devant les cyprès sombres qui bordaient l'allée.

« Un amour de jeunesse ? »

Son attitude spontanée m'a surpris, mais, curieusement, la manière dont il a braqué ses yeux droit dans les miens inspirait confiance.

Peut-être étaient-ce les tics aux coins de ses yeux qui adoucissaient la force de son regard inquisiteur. On dira que je lui ai souri. Comment nous étions-nous rencontrés ? Je lui ai expliqué les circonstances et il a acquiescé, presque comme s'il approuvait.

La serveuse a apporté nos whiskies. Nous avons gardé le silence un moment, deux messieurs âgés et bien habillés dans un café de banlieue où nous n'aurions normalement jamais mis les pieds. Je me suis demandé si je devais lui parler du pilote anglais. Il contemplait le verre qu'il faisait tourner dans ses mains bronzées. Il a dû se rendre compte que nous regardions tous les deux ses mains. « L'Espagne… » Il venait de rentrer de vacances. Sa nouvelle femme et lui avaient une maison là-bas.

« Je l'appelle toujours ma nouvelle femme », dit-il avec un sourire embarrassé, le regard tourné vers la neige qui tombait. Je me suis représenté la tombe où nous étions une demi-heure plus tôt.

Ils s'étaient rencontrés quelques années après la guerre. Ils venaient de milieux très différents. Il m'a dévisagé, et, une fois encore, son sourire était un peu gêné. Sa famille à lui était relativement privilégiée. J'ai bien entendu qu'il était un homme habitué à choisir ses mots avec attention, la manière dont il s'exprimait était aussi correcte et soignée que son apparence. Il a posé les mains à plat sur la table. Ses parents avaient été contre, mais il avait suivi son cœur. Il y avait une certaine gaucherie dans ce mot « cœur », comme s'il lui fallait tourner plusieurs fois ce cliché entre les mains avant de se résigner à le lancer dans la conversation.

Il avait fait son possible pour qu'elle ne se sente pas mal à l'aise dans ce milieu inconnu qui était le sien. Au début, elle n'avait pas très bien su comment se comporter avec ses amis, des gens blasés et insouciants qui avaient des voitures et se changeaient pour le souper. Il l'avait protégée contre leurs regards évaluateurs. Il essayait de compenser ce qu'il percevait comme une crainte de l'échec ou des impairs, une peur qui se manifestait par un certain mutisme lorsqu'ils se trouvaient entre amis. Il lui arrivait presque de passer pour hautaine et impolie lorsqu'ils étaient invités et qu'elle ne participait aucunement à la conversation. Il avait insisté pour lui rendre visite chez sa mère, même si, pendant longtemps, elle avait refusé de le présenter. La couturière s'était montrée encore plus silencieuse et réservée. Il avait souvent dû faire la conversation pour trois, jusqu'à en avoir la gorge sèche, puisque les deux femmes se contentaient de l'écouter.

Pendant longtemps, il avait interprété sa réserve comme l'expression d'un complexe d'infériorité, mais il en était venu à le voir comme de la fierté, ce qui revenait peut-être au même. Il n'avait jamais été capable de tirer cela au clair. Il a soupiré. Au fond, il n'avait jamais vraiment été capable de le comprendre. Ils s'étaient mariés un an après leur première rencontre. Il l'avait demandée en mariage lors d'une promenade au parc. Ils étaient assis sur un banc, et elle avait contemplé le gazon, sans rien dire. Finalement, elle lui avait demandé pourquoi. Parce qu'il l'aimait, avait-il répondu. Oui, mais, pourquoi ?

Il n'avait pas su quoi répondre, et l'avait embrassée à la place. Elle l'avait dévisagé. Elle avait fini par sourire, un sourire un peu faible et forcé, elle avait dit oui. Mais elle s'était montrée encore plus renfermée pendant les fiançailles et leur voyage de noces. Ils étaient allés à Rome, où ils étaient descendus au Hassler. Il a souri faiblement. Il l'avait traînée dans les ruines romaines, cette jeune femme silencieuse qu'il aimait. En même temps, il n'avait cessé d'être taraudé par cette question : pourquoi avait-elle accepté de se marier avec lui ?

Il ne pensait pas qu'elle l'avait épousé pour l'argent, ou pour s'assurer un avenir plus radieux que celui qui allait de pair avec le petit logement situé dans une ruelle près du port. Il était certain que sa fierté l'en aurait empêchée. De plus, elle s'était métamorphosée, presque du jour au lendemain, quand ils étaient rentrés et qu'elle s'était mise à arranger l'appartement qu'il avait acheté dans l'un des meilleurs quartiers de Copenhague. On aurait pu croire qu'elle avait décidé d'être enjouée et affectueuse. Et il s'était laissé convaincre par cette tendresse, parce qu'il en avait besoin.

Pendant quelque temps, ils avaient été heureux. Il pensait qu'elle avait été heureuse, elle aussi, au moment de la naissance de leur fils, et pendant les premières années suivantes. Au début, les dames plus âgées de sa famille l'avaient rassuré, en lui disant qu'il était normal que le nouveau-né capte toute l'attention. Et elle se montrait vraiment une mère très attentive avec le petit, tandis qu'elle recommençait à être distante et silencieuse lorsqu'ils étaient seuls. En compagnie d'invités ou d'amis, elle le surprenait par sa vivacité et sa capacité à exprimer une opinion personnelle sur tous les sujets alors que, en tête à tête, elle était de nouveau rêveuse et renfermée.

Les années passèrent ainsi, à peu de chose près. On ne pouvait pas dire que leur relation était mauvaise, mais il y avait toujours cette distance imperceptible, comme si elle s'éloignait de lui, irrésistiblement, même lorsqu'il la tenait dans ses bras. Lorsqu'ils étaient en voyage, tout allait bien mieux. Ils avaient énormément voyagé et, quand ils contemplaient une chute d'eau au Canada ou faisaient de la plongée en Thaïlande, il avait senti que la curiosité de sa femme déteignait sur lui. C'était comme si elle le redécouvrait à l'étranger, comme s'il était lui-même un inconnu qui, pour un moment, avait le droit de l'étreindre et de captiver son regard. Mais, dès qu'ils étaient rentrés, son regard et ses pensées étaient de nouveau ailleurs. Peut-être au Canada ou en Thaïlande, peut-être en un lieu qui n'avait pas de nom parce que ce n'était pas un lieu réel, mais seulement un sentiment d'ennui et de manque.

Dès les premières années de leur mariage, il avait beaucoup travaillé, et il avait eu mauvaise conscience d'être si souvent absent. À mesure que le garçon grandissait, elle avait donné l'impression de ne plus s'y intéresser. Elle passait des heures dans le fauteuil près de la fenêtre tandis que la jeune nourrice s'occupait de l'enfant. Il avait espéré que la situation changerait une fois à Paris, où il avait été chargé de réorganiser une partie de l'entreprise dont il avait été nommé sous-directeur. Oui, il avait espéré qu'ils parviendraient à se retrouver dans une ville étrangère. Et puis, Paris…

Il a souri, comme s'il s'excusait, puis il a marqué un silence. Le vieil homme en pyjama d'hôpital fumait, et regardait fixement devant lui. Un sifflement montait de sa gorge chaque fois qu'il inhalait. Le chien près du bar a levé la tête et ouvert la gueule quand la serveuse a tenu un morceau de saucisse devant lui. Ses longs poils se sont pris dans sa gueule quand il s'est mis à dévorer le bout de viande.

J'ai attendu sans rien dire qu'il continue

son récit. Il s'est tourné vers la serveuse et a commandé deux whiskies.

Une des plus grandes erreurs de sa vie avait peut-être été d'accepter ce poste à Paris. Ils n'étaient jamais parvenus à se faire des amis communs et ne sortaient ensemble que pour voir des relations d'affaires à lui, lors de cocktails ou de dîners au restaurant. Ils recevaient parfois la visite de parents ou d'amis de Copenhague, mais elle avait dû être très seule quand le garçon était à l'école, et lui au travail, souvent jusqu'à une heure avancée.

« Mais elle ne faisait rien elle-même... »

Il a bu une gorgée et serré les lèvres.

Elle avait continué de se montrer de plus en plus silencieuse et distante et, quand il tentait de s'approcher d'elle, elle se réfugiait dans sa chambre, ou elle lui cédait d'une manière si passive et avec un regard si lointain qu'il se sentait plus seul encore. Ils faisaient chambre à part depuis plusieurs années déjà.

Il m'a demandé si j'étais marié. J'ai répondu que j'avais été marié deux fois. Il a affiché un sourire de connivence, ma réponse lui inspirait confiance. Si le but du mariage n'était pas de dormir ensemble et de se dorloter, alors il ne savait pas à quoi servait le mariage. Il a vidé son verre. Je n'ai pas pu m'empêcher d'apprécier sa pudeur. « Se dorloter. » Mais, bien entendu, il avait raison.

« Avec les ans qui passent… » commença-t-il. « Si, en tant qu'homme, on ne… »

Il a remué son verre. Je savais très bien ce qu'il voulait dire.

« D'un autre côté, on dit que les femmes, elles… »

Les glaçons ont tinté dans le verre vide. Il avait rencontré une femme. Il m'a regardé, et j'ai presque pu sentir ce qu'il lisait sur mon visage. Elle avait quinze ans de moins que lui. Elle travaillait à la comptabilité de son entreprise et venait juste de divorcer.

« Oui, c'est aussi banal que ça, a-t-il dit en souriant. Un autre whisky ? »

J'ai décliné, il en a commandé un pour lui.

Ce n'était pas parce qu'il avait délibérément cherché une autre femme. Ce n'était pas son genre. J'ai hoché la tête, même si je n'avais aucune raison de le faire, ni d'acquiescer, d'ailleurs.

« Mais, inconsciemment… »

Il a haussé les épaules.

Ils se retrouvaient le soir, dans son bureau, ou dans sa voiture. Elle était retournée vivre chez ses parents après son divorce. Ils se retrouvaient parfois dans un hôtel près de la gare du Nord, ou ils passaient la nuit dans une auberge, hors de Paris, s'il parvenait à se libérer. À un moment, il avait loué un studio à l'autre bout de Paris, près de Nation. C'était plus supportable que les hôtels miteux où personne ne posait de questions si l'on prenait la chambre pour deux heures à peine. Cependant, cela avait été humiliant pour eux deux, et pour sa femme, même si elle n'en savait rien.

Sa double vie avait duré environ deux ans. Cela avait été son tour de se montrer distant lors des repas. Ils étaient seuls. Leur fils était en pension au Danemark. Il m'a demandé si je pouvais m'imaginer ce que c'était d'être seuls à deux, dans un grand appartement de Passy, de ne parler de rien, et de ne quasiment rien faire. Et pendant ce temps, il songeait à l'autre femme qui, quelques heures plus tôt, l'avait accueilli dans une chambre d'hôtel près de la gare du Nord, impatiente de se serrer contre lui.

Je me les suis représentés, face à face dans l'appartement un peu strict du boulevard de Beauséjour avec ses meubles anciens et ses tapis persans, et je me suis dit qu'il ne pouvait pas savoir à quel point j'étais à même de m'imaginer cette scène conjugale. Des scènes identiques m'ont rapidement traversé l'esprit. Seuls les salons changeaient. Ce silence, ce sentiment que la pièce se replie sur elle-même, que les portes ne s'ouvrent que vers l'intérieur et qu'il n'y a aucune issue.

Au bout de deux ans, il lui avait tout révélé. Sa maîtresse ne pouvait plus l'attendre. Toutefois, il n'avait pas jugé bon de préciser depuis combien de temps cela durait. Il avait cru que ce serait un soulagement de jouer cartes sur table. Il avait pensé que, vu sa fierté, la colère de sa femme aurait rendu la chose plus aisée. Mais elle ne s'était pas emportée, elle n'avait pas pleuré, et il s'en était senti plus coupable encore. Depuis, ils s'étaient revus lorsque leur fils avait passé ses examens et lorsqu'il s'était marié. Elle n'avait pas voulu le revoir et, pendant des années, son fils avait refusé de rencontrer sa nouvelle épouse. De fait, il s'était écoulé une longue période pendant laquelle il n'avait eu aucun contact avec son fils.

Peut-être son fils aurait-il vu les choses autrement s'il n'avait pas été envoyé en pension à l'époque, même si, ironiquement, c'était sa mère qui en avait eu l'idée. Cependant, aux yeux du garçon, c'était lui le traître. Il l'avait bien senti, même si cela n'avait jamais été dit. Ils se voyaient très rarement, lors d'un déjeuner en ville, et c'était toujours lui qui devait proposer ces rencontres.

Il a vidé son verre.

« J'ai l'impression de ne pas le connaître. J'aimerais bien… Mais c'est peut-être banal. »

Il m'a dévisagé.

« N'est-ce pas ? »

Je n'ai pas eu le temps de répondre. Il s'est brusquement tourné vers la serveuse et a demandé l'addition. Je ne sais pas ce que j'aurais pu répondre. Il a souri. De plus, j'en avais certainement assez de l'écouter. Nous sommes sortis du café. Il neigeait fort quand nous nous sommes serré la main.

Et c'est ainsi que, un dimanche, j'ai garé ma voiture devant une villa d'un quartier résidentiel du nord de la ville. Le soleil brillait d'une lumière blanche et dure, comme cela arrive en mars, et les arbres en paraissaient encore plus dénudés dans l'air froid et sec. Lorsque je m'étais réveillé, ce matin-là, j'avais failli téléphoner pour me décommander. Je m'étais déjà trop avancé dans une voie de garage où je n'avais rien à faire. Je n'avais aucun droit de laisser un parfait inconnu me déballer ses états d'âme au motif qu'il me faisait confiance et parce que, visiblement, il avait besoin de raconter son histoire à une personne étrangère à l'affaire.

J'aurais pu également justifier mon hésitation en reconnaissant que je n'avais aucune envie de l'entendre et, de la sorte, de me retrouver initié aux secrets de sa vie à elle. Je n'en avais jamais rien su et tout cela s'était déroulé fort loin de moi. Le seul lien était notre brève rencontre, il y a longtemps, avant que nos existences respectives aient pris leur cours véritable. Toutefois, ce n'est pas ce que j'ai pensé et peut-être est-ce ma curiosité qui m'a fait hésiter, parce que je me la reprochais. Mais curiosité n'est pas le mot juste. Comment dire ? Je ne cessais de songer aux prés inondés qui donnaient sur le fjord, à la remise aux planches mangées par le soleil et les intempéries, là où le pilote anglais s'était caché. Dans mon souvenir, cet abri était comme un écrin fermé.

Peut-être en avait-il été de même pour elle. Alors que nous contemplions la pluie et les éclairs sur Passy, elle m'avait dit qu'elle avait pensé à ce pilote toute sa vie. Cela avait été la première fois qu'un homme la touchait. Cela avait aussi été la première fois pour moi, lorsque j'avais tenté de lui faire des avances, maladroit et craintif dans la pénombre trouée par les rais et les éventails de lumière qui s'insinuaient entre les planches. Il y a eu d'autres femmes depuis, pas beaucoup, mais pas si peu non plus, et certaines ont constitué des rencontres infiniment plus décisives que le premier objet de mon désir tâtonnant. De même, il devait exister quantité de raisons pour expliquer qu'elle se soit progressivement détournée de son mariage. Elle était devenue silencieuse et absente jusqu'à ce que son mari vacille dans le vide et le silence et s'agrippe à la première femme qui, un jour, avait croisé son chemin.

De tout cela, je ne savais rien. Et il s'est passé bien des choses dans mon existence dont je n'ai pas parlé ici, et qui sont sans rapport avec ce qui s'est déroulé cet été-là, pendant la guerre. Mais peut-être ne sont-ce pas les causes que l'on recherche lorsque l'on tente de débrouiller l'écheveau d'une existence, cet embrouillamini de fils que sont les rencontres, les moments partagés et les adieux, les pactes et les séparations, les rêves enfouis, les promesses rompues ou oubliées et les occasions inattendues. Tout ce que l'on a vécu et éprouvé, parfois dans la détresse, parfois dans l'allégresse, mais, le plus souvent, dans l'indifférence.

Oui, peut-être cherche-t-on autre chose que des explications, car comment parviendrait-on à obtenir la célèbre synthèse à partir des dons et des tares innés, à partir de ce chaos de circonstances et de hasards ? Peut-être ce dont on tente de s'approcher à nouveau est-il beaucoup plus simple et à la fois plus impénétrable. Je dis « à nouveau », car il s'agit bien de retrouver quelque chose. Quoi ? Je crois qu'il s'agit d'une base, d'un fond commun à ces images des ans et à ces souvenirs, à tous ces éclats et ces fragments de vie vécue.

J'aimerais pouvoir cerner ce point fondamental, qui peut-être n'explique rien, mais qui ne peut non plus être expliqué lui-même. Pour moi, ce sont les prés inondés avec des touffes d'herbe, ce sont les eaux lisses et immobiles sous un ciel immense et changeant, ce sont ces terres marécageuses où l'on avançait d'un pas mal assuré. Mais qu'importe, puisqu'il m'est impossible de jamais y retourner ? Je peux seulement contempler ces lieux anciens et inaccessibles du souvenir et savoir intimement que c'est là que je me trouvais avant que tout ne commence à prendre forme. Avant que, moi-même, je ne donne forme et ne sois formé, avec les mains enfoncées dans les possibles, tandis que j'étais happé par ceux-ci, que je devenais méconnaissable pour celui qui restait et me voyait disparaître à l'horizon.

Je ne sais si je pensais à tout cela quand j'ai trouvé la maison, quand j'ai franchi l'allée dallée et quand j'ai tiré la sonnette. La porte a été ouverte par une petite dame aux yeux marron, avec des mèches grises dans ses cheveux noirs. Elle a esquissé un sourire timide et m'a prié d'entrer. Même après tant d'années, elle ne donnait pas l'impression d'être chez elle lorsqu'elle a pris mon manteau et a appelé son mari d'un ton un peu confus.

J'ai regardé autour de moi, dans l'entrée et par les portes qui donnaient dans les pièces voisines. C'était une maison moderne, du reste, tout était moderne dans cette demeure, et tellement bien rangé que l'on aurait cru qu'elle était inhabitée. Le seul signe de vie était un sac de sport posé sur une chaise de l'entrée, avec deux raquettes de tennis.

« Cela fait seulement un an que nous avons emménagé », a-t-elle dit avec un sourire gêné.

En revanche, cela devait faire vingt ans qu'elle était arrivée au Danemark, mais elle avait toujours un accent très marqué. J'ai pensé qu'il lui arrivait peut-être parfois de regarder autour d'elle et de se demander pourquoi elle avait fini par atterrir ici. Elle n'était probablement pas malheureuse, mais certainement étonnée. Elle aussi s'était grandement éloignée de sa base profonde, de son sol originel pour échouer avec un homme qui avait déjà eu une famille et mis un enfant au monde. Elle n'avait pas eu d'enfant.

Il a descendu l'escalier, il m'a serré la main avec un grand sourire et il a posé un bras protecteur sur les épaules menues de sa femme. Nous sommes passés au salon. Elle avait l'air fluette à côté de lui dans la grande pièce aux meubles un peu tape-à-l'œil. Il était vêtu simplement, mais il y avait un je-ne-sais-quoi d'impeccable à son pantalon de toile, son pull bleu marine et sa chemise écossaise. Même ses mocassins étaient sportifs et irréprochables.

Nous nous sommes installés dans un salon d'été dont les portes-fenêtres donnaient sur la pelouse où il y avait une pièce d'eau, un parterre de roses et quelques arbres fruitiers. Nous avons siroté un verre de vin blanc en parlant de choses et d'autres, de Paris autrefois et maintenant, d'une manière un peu forcée, mais il savait comment alimenter la conversation.

Elle n'a pas dit grand-chose, mais, à un moment, il l'a fait rire, et j'ai soudain pu me représenter à quoi elle ressemblait, vingt ans plus tôt. La trentaine bien tassée, divorcée, mais encore jeune. Une jeune femme encore riante au sourire félin que beaucoup d'hommes trouvaient intéressante et séduisante.

Elle est passée à la cuisine pour préparer le déjeuner. Il l'a suivie des yeux puis il s'est tourné vers moi et m'a dévisagé.

« Je l'aime », a-t-il dit sans détour, en clignant des yeux. Il s'est tassé dans son fauteuil de jardin, puis il a contemplé les nénuphars du bassin et les branches nues des arbres fruitiers.

« Mais il a d'abord fallu que je me le permette », a-t-il ajouté.

J'ai posé mon verre sur la table qui nous séparait.

« Comment cela ?

— Oh... L'heure était venue... Mais mon fils... Mon fils est parfois assez dur. »

J'ai acquiescé. Il m'a dévisagé à nouveau.

« Mais tu pourras te faire une impression par toi-même, il va peut-être passer, avec les enfants.

— Je croyais que... »

Il a cligné des yeux.

« Mon fils a envie de te rencontrer. Il a envie de voir quelqu'un qui a connu sa mère. »

Il nous a resservi du vin, et nous avons bu.

Je me sentais emprisonné dans sa cage de verre où le soleil nous assommait. J'ai regretté d'être venu. Je m'étais vraiment trop avancé dans un monde qui n'était pas le mien. Il m'adressait un regard qui semblait presque demander des excuses. Il a dû deviner ce que je pensais. Mais quelles étaient mes pensées ? Que je me sentais pris en otage dans ses histoires de famille ? Il s'est éclairci la gorge.

« J'aurais peut-être dû… »

J'ai levé la main pour le rassurer.

« Ce n'est pas parce que je me reproche d'avoir été poussé à divorcer, a-t-il dit doucement. Non, ce que je me reproche encore, c'est de l'avoir épousée. De l'avoir voulue absolument, et de l'avoir laissée — cela va paraître surprenant —, de l'avoir laissée faire. Bon, je vais te montrer le jardin… »

Nous sommes sortis sur une terrasse à laquelle on pouvait également accéder par la salle à manger. Le soleil était suffisamment fort pour que l'on n'ait pas besoin de mettre un manteau. Nous sommes allés au bassin qui était à moitié couvert de nénuphars. Il a désigné une pyramide de petits pavés soigneusement empilés sur le bord.

« Nous avons fait creuser le bassin à

l'automne dernier. C'était un gros ouvrage. J'ai pensé faire réaliser un chemin tout autour. Et, au printemps, je mettrai des poissons rouges. »

J'ai pris un pavé dans la main. Il était finement taillé, avec les bords parfaitement plats.

« Ce sont des pavés de granit. Il n'y a quasiment plus personne qui en produise. Et j'ose à peine te dire combien ce tas m'a coûté. Mais ce sera mon cadeau de noces d'argent. Denise a toujours voulu un bassin avec des poissons rouges. »

Nous avons fait le tour de la pièce d'eau. Il a baissé la tête, j'étais obligé de plisser les yeux à cause de la lumière. Il a soupiré.

« La vie est étrange, n'est-ce pas ? J'ai emmené avec moi une Danoise à Paris, uniquement pour la laisser là-bas. Mais c'était son choix. Elle ne voulait pas rentrer. Et ensuite, j'ai ramené une Française au Danemark, où elle passe toujours pour la méchante sorcière. »

J'ai eu pitié de lui et de ses remords. J'ai pensé aux roses qu'il déposait au moins deux fois par mois sur la tombe de son ex-femme. J'étais le seul à savoir qui avait déposé ces fleurs que personne ne voyait, sauf les jardiniers, les fossoyeurs et quelques rares passants.

Je lui ai parlé du pilote anglais et de mon rôle honteux dans cette histoire. Je l'ai fait autant pour moi que pour rétablir une sorte d'équilibre entre nous. J'ai dit qu'elle avait pensé à lui chaque jour depuis la guerre. Nous sommes restés silencieux, jusqu'à ce que Denise sorte sur la terrasse pour nous avertir que le déjeuner était servi. J'ai vu que mon récit l'avait impressionné et je me suis demandé si je ne l'avais pas fourvoyé. La seule personne qui aurait pu répondre gisait sous une dalle lisse de marbre du Groenland. Et peut-être n'avait-elle rien à répondre.

Il était exagéré de dire qu'elle avait pensé chaque jour à son pilote anglais. Il avait dû se passer des semaines et des mois pendant lesquels il lui était totalement sorti de l'esprit. Mais peut-être avait-il constitué une image dans son for intérieur et dans ses souvenirs incertains. Une chose qui était restée inconnue, occultée et qu'elle avait eu besoin d'associer à un lieu, à un moment et à un visage. Un visage aux contours indécis dans la pénombre d'un abri, au milieu des prés inondés, au fond d'un fjord de la mer du Nord, un été pendant la guerre.

La conversation a roulé de manière très enjouée, surtout si l'on tient compte du fait que nous ne nous connaissions pas. Mon hôte a raconté des anecdotes que son épouse avait déjà dû entendre des centaines de fois, mais elle l'écoutait amoureusement, et je me suis dit qu'il était un homme heureux. Avec moi, elle se montrait discrète et réservée. C'était surtout lui qui parlait, il avait visiblement l'habitude d'être le centre de l'attention. Il semblait libéré, comme si on venait de lui ôter un poids. Cela a duré jusqu'à ce que l'on sonne à la porte. Elle l'a regardé, il a baissé les yeux, a hésité une seconde et s'est levé.

« Mon fils », a-t-il dit. Il a posé une main sur les épaules de sa femme, en passant, puis il est allé ouvrir.

Des voix aiguës ont résonné dans l'entrée

et, un instant plus tard, deux enfants ont jailli dans la salle à manger. Un garçon d'environ sept ans et une petite fille plus jeune se sont mis à jouer à chat autour de la table. Ils étaient blonds et pâles tous les deux, le garçon était un peu grassouillet. La gamine a tiré frénétiquement la poignée de la porte coulissante, elle a foncé dans le jardin, chassée par son frère aîné. Le courant d'air froid a secoué les rideaux de la salle à manger. Denise s'est levée pour observer les enfants qui se pourchassaient à travers le parterre de roses, cassant quelques plants au passage.

« Zut alors, les roses ! Ah non ! », s'est exclamée Denise, indignée.

Un hurlement est monté du jardin. Apparemment, la gamine s'était piquée à un rosier. Son père courait déjà vers elle, un type massif et courtaud en survêtement. Il avait l'air d'avoir la trentaine, mais il était déjà à moitié chauve. Il a traversé la salle à manger en coup de vent, sans même nous adresser un regard, galopant vers la gamine qui pleurait comme un veau.

Mon hôte l'a suivi. Le gamin observait la scène, à côté du bassin. Le père a pris l'enfant dans ses bras et l'a ramenée à la maison, toujours suivi du grand-père. Ce dernier a dit des mots que je n'ai pas entendus, écartant les bras en guise d'excuse. Son fils a déposé la gamine, toujours braillante, sur un canapé du salon. Elle avait perdu une chaussure que le grand-père a ramassée dans l'herbe. Il a refermé la porte derrière lui.

« Est-ce qu'il y a des pincettes dans la maison ? » a aboyé le fils en se tournant vers nous.

Denise s'est précipitée dans l'entrée. Mon hôte s'est arrêté sur le seuil de la salle à manger. Denise est revenue avec des pincettes. La gamine s'est mise à vagir quand son père a commencé à scruter sa cheville.

« Je ne la vois pas », a-t-il grogné.

Mon hôte a mollement désigné la chaussure.

« Peut-être s'est-elle simplement égratignée...

— Mais non, bien sûr que c'est une épine ! a grommelé le fils. Pourquoi crois-tu qu'elle pleure comme ça ? »

La fillette s'est mise à renifler, mais elle a cessé de pleurer. Mes hôtes ont suivi l'examen de loin. On a entendu un « plouf ! » dans le jardin. Puis un autre. Le gamin balançait des pavés dans le bassin. Denise a fait un pas en direction de la porte coulissante, mais son mari a posé une main apaisante sur son bras, puis il est sorti.

De ma place à table, je l'ai vu traverser calmement la pelouse et se pencher vers le garçon, les mains posées sur les genoux. Il a visiblement tenté de convaincre le garçon de cesser, mais ce dernier a fait comme s'il ne l'entendait pas, car il a continué de jeter des pavés dans le bassin. Puis il a détalé brusquement.

Le grand-père est resté un instant à contempler les nénuphars avant de revenir à la maison. Pendant ce temps, son fils avait abandonné la recherche de l'épine dans la cheville de la gamine, si jamais il y en avait eu une. Le fils est revenu dans la salle à manger, suivi de la demoiselle, couverte de morve et les yeux rouges. Mon hôte s'est joint à nous.

« Avez-vous faim ? a-t-il demandé en souriant.

— Nous avons déjà mangé.

— Mais tu accepteras bien un verre de vin ?

— Je préférerais une bière. »

Le fils a tiré une chaise et s'est assis à table. La fillette a grimpé sur ses genoux. Denise est passée dans la cuisine. Mon hôte a fait les présentations. Le fils m'a regardé sans sourciller.

Denise est revenue avec une bière, deux sodas et trois verres sur un plateau. Mon hôte s'est assis, il a servi son épouse, a rempli mon verre et le sien.

« Eh bien, santé ! » a-t-il dit.

J'ai été surpris de voir à quel point il était soudain devenu effacé. Je n'ai pas davantage compris que c'était son fils qui me scrutait de ses yeux de fouine. Ils ne se ressemblaient vraiment pas.

« Alors comme ça, tu connaissais ma mère ?

— Nous nous sommes connus quand nous étions jeunes.

— Mais elle n'a jamais parlé de toi. »

Il a porté la bouteille à ses lèvres et a bu au goulot.

« Vous ne vous êtes pas vus très souvent, toi et ta mère... Je veux dire, au cours des dernières années... a objecté mon hôte.

— Qu'est-ce que tu racontes ? » a répliqué le fils sans le regarder. Il a essuyé sa bouche sur la manche de son survêtement et a posé la bouteille sur la table.

Le garçon est venu à la porte vitrée. Il tenait une raquette de tennis dans chaque main. Il avait dû les prendre dans le sac que j'avais vu sur une chaise de l'entrée. Il a cogné contre la vitre avec le manche d'une des raquettes. Son grand-père s'est hâté d'ouvrir la porte.

« Je veux jouer ! a dit le garçon.

— Pas maintenant, a répondu son père.

— Nous pouvons jouer tous les deux, a dit mon hôte d'un ton encourageant.

— Ben alors, viens ! »

Ils sont allés sur la pelouse. Denise a emporté les assiettes et les couverts sales. La fillette est descendue des genoux de son père et a ouvert en grand la porte-fenêtre. Je me suis levé pour la fermer derrière elle. Son père est resté silencieux à triturer l'étiquette de sa bouteille de bière tandis que Denise continuait de débarrasser. Elle a fait plusieurs aller et retour à la cuisine, jusqu'à ce qu'il n'y ait plus rien sur la table, à l'exception des verres et de la bouteille de vin.

« Je vais faire le café », a-t-elle dit en quittant la salle à manger.

J'ai observé son mari qui servait des balles lentes et molles que le garçon tentait en vain de frapper avec sa raquette trop grande pour lui. La fillette les observait, assise dans un fauteuil de jardin.

« Cela fait combien de temps que tu connais mon père ? »

Cela ressemblait un peu à un interrogatoire. J'ai regardé ses traits amorphes. Je ne l'aimais pas, et je n'aimais pas ses enfants. Beaucoup de gens ne l'accepteront pas, mais, à mon avis, les enfants peuvent être aussi antipathiques que les adultes. En revanche, je me suis rendu compte que j'aimais bien leur grand-père, cet honnête homme courtois qui se ratatinait sous les regards désagréables de son fils.

« Pas très longtemps. Nous avons seulement fait connaissance après la mort de ta mère. »

Il a vidé sa bière et regardé son père qui continuait inlassablement à servir des balles faciles au garçon.

« Mais tu sais tout de même qu'il s'est débarrassé de ma mère au profit de celle-là ? »

Il a fait un geste en direction de l'entrée.

« Cela ne remonte-t-il pas à longtemps ?

— Ça change quelque chose ? »

Je ne parvenais pas à esquiver son regard. Il était laid, me suis-je dit en me corrigeant tout de suite. En fait, il était tout à fait ordinaire et dénué de toute originalité. Sans relief, comme si on avait passé un coup de gomme.

« Elle ne s'en est jamais remis, a-t-il ajouté en regardant ses enfants et leur grand-père.

— Mais elle avait son travail, elle a voyagé…

— Oui, mais elle était seule.

— Ne l'a-t-elle pas choisi ? »

Il s'est penché vers moi et a posé la main sur son genou.

« Qu'est-ce que tu en sais ? Elle ne pouvait pas trouver quelqu'un d'autre comme ça. À son âge… Non, pas possible.

— Peut-être n'avait-elle aucune envie de rencontrer quelqu'un d'autre.

— C'est bien ce que je dis. Elle était brisée. Elle l'aimait, ce mufle. Et elle s'est mise à espérer qu'il reviendrait.

— Vraiment ?

— Pas d'erreur là-dessus. Il n'y a qu'à voir la manière dont elle vivait. Elle a laissé l'appartement exactement comme quand il s'est tiré. Punaise, on aurait dit un musée.

— Tu te trompes peut-être.

— Comment ça ?

— Peut-être que les choses n'étaient pas comme tu le crois. »

Il m'a lancé un regard méfiant.

« Il y a quelque chose que j'aimerais te raconter. Mais je te demanderais de le garder pour toi. »

L'histoire a pris forme à mesure que je l'ai racontée. Il y avait de la place pour celle-ci dans ce que je savais d'elle. En m'écoutant, je me suis dit que cela pouvait fort bien être vrai. Et qui sait ? Peut-être cela s'était-il réellement passé. Elle l'avait sûrement au moins envisagé. Je ne le sais pas, et je ne le saurai jamais. Peut-être a-t-elle pensé au pilote anglais chaque jour, jusqu'à la fin de sa vie. Peut-être m'avait-elle dit cela parce que notre rencontre était si inattendue. J'étais la seule personne à avoir un lien avec cette histoire, le seul qui n'était peut-être pas seulement un souvenir lointain et flou de sa jeunesse. Le seul souvenir que nous avions en commun.

Je lui ai donc parlé de ma rencontre avec sa mère, quelques années avant sa mort. Je lui ai dit qu'elle s'était confiée à moi, peut-être parce que j'étais à la fois un vieil ami et un étranger, après tant d'années.

« Ce que je veux te raconter s'est passé bien avant le divorce de tes parents. Tu étais en pension et ton père n'était presque jamais à la maison. Mais ce n'est pas seulement ça. Elle m'a parlé de leur mariage. Elle n'avait jamais été véritablement amoureuse de ton père, et là, à l'étranger… Tout cela lui paraissait absurde, et depuis longtemps. C'est alors qu'elle a eu une relation avec un autre homme. Lui aussi était marié, avec des enfants. Ils s'étaient rencontrés pendant un été, lorsqu'ils étaient jeunes, mais cela avait été bref. Ils n'avaient jamais pensé qu'ils se reverraient. »

Il m'a regardé avec un air niais. Je m'imaginais facilement la chose, et je ne doute pas qu'il le pouvait aussi. Le ouï-dire a toutes les apparences du vrai, que la chose se soit passée ou non. Et il est parfois impossible de faire la différence entre un mensonge et ce qui pourrait être vrai, même aux oreilles de celui qui s'entend mentir. J'ai marqué un silence et l'ai laissé se représenter l'infidélité de sa mère avant de poursuivre :

« Pour finir, il a été clair que son amant n'avait pas l'intention de quitter sa famille, et elle a mis un terme à leur relation. Je ne sais pas si ton père a jamais été au courant. Pendant plusieurs années, il a tenté de communiquer avec elle et d'insuffler de la vie dans leur mariage, mais elle l'a repoussé. Leur mariage n'était plus qu'une apparence lorsqu'il a rencontré Denise. »

Je me suis tu. Il avait les larmes aux yeux, c'était presque trop beau. Il ressemblait à un enfant, là, recroquevillé dans son survêtement. Les autres sont revenus et nous avons pris le café. Denise avait fait une tarte.

Ils sont partis peu après et mon hôte les a accompagnés dehors. De ma place, je les voyais derrière la haie qui séparait le jardin de la rue. Le jeune homme chauve a hésité un instant, puis il a serré son père dans ses bras, un peu maladroit, et il est monté rapidement dans sa voiture. Denise l'a vu également. J'aurais pu aisément revenir les voir, et je pense que nous aurions pu être de bons amis, mais je n'ai jamais rappelé lorsqu'il a laissé des messages sur mon répondeur. Puis il a cessé de m'appeler.

Quand je suis rentré chez moi ce soir-là, j'ai sorti l'étui à cigarettes du pilote anglais. Je l'ai ouvert, j'ai pris la cigarette, la dernière qui était restée dans l'étui pendant toutes ces années. Les brins roux et marron de Virginia sont tombés en pluie fine sur mes genoux. J'ai cessé de fumer, mais j'ai allumé la cigarette et tiré une bouffée. Naturellement, elle n'était pas bonne tellement le tabac était sec. J'ai tenu la cigarette entre mes doigts et j'ai contemplé la fumée qui montait dans l'air comme un ruban transparent et s'enroulait en spirales et en boucles dans les reflets du soleil couchant.

DU MÊME AUTEUR

Aux Éditions Gallimard

SOUS UN AUTRE JOUR, 2005

VIRGINIA, 2004 (FOLIO n° 4432)

BRUITS DU CŒUR, 2002 (Folio n° 3979)

SILENCE EN OCTOBRE, 1999

Aux Éditions du Serpent à Plumes

ÉTÉ INDIEN, 1996

COLLECTION FOLIO

Dernières parutions

4087. Pierre Bergé — *Les jours s'en vont je demeure.*
4088. Benjamin Berton — *Sauvageons.*
4089. Clémence Boulouque — *Mort d'un silence.*
4090. Paule Constant — *Sucre et secret.*
4091. Nicolas Fargues — *One Man Show.*
4092. James Flint — *Habitus.*
4093. Gisèle Fournier — *Non-dits.*
4094. Iegor Gran — *O.N.G.!*
4095. J.M.G. Le Clézio — *Révolutions.*
4096. Andreï Makine — *La terre et le ciel de Jacques Dorme.*
4097. Collectif — *«Parce que c'était lui, parce que c'était moi».*
4098. Anonyme — *Saga de Gísli Súrsson.*
4099. Truman Capote — *Monsieur Maléfique* et autres nouvelles.
4100. E. M. Cioran — *Ébauches de vertige.*
4101. Salvador Dali — *Les moustaches radar.*
4102. Chester Himes — *Le fantôme de Rufus Jones* et autres nouvelles.
4103. Pablo Neruda — *La solitude lumineuse.*
4104. Antoine de St-Exupéry — *Lettre à un otage.*
4105. Anton Tchekhov — *Une banale histoire.*
4106. Honoré de Balzac — *L'Auberge rouge.*
4107. George Sand — *Consuelo I.*
4108. George Sand — *Consuelo II.*
4109. André Malraux — *Lazare.*
4110. Cyrano de Bergerac — *L'autre monde.*
4111. Alessandro Baricco — *Sans sang.*
4112. Didier Daeninckx — *Raconteur d'histoires.*
4113. André Gide — *Le Ramier.*
4114. Richard Millet — *Le renard dans le nom.*
4115. Susan Minot — *Extase.*
4116. Nathalie Rheims — *Les fleurs du silence.*

4117.	Manuel Rivas	*La langue des papillons.*
4118.	Daniel Rondeau	*Istanbul.*
4119.	Dominique Sigaud	*De chape et de plomb.*
4120.	Philippe Sollers	*L'Étoile des amants.*
4121.	Jacques Tournier	*À l'intérieur du chien.*
4122.	Gabriel Sénac de Meilhan	*L'Émigré.*
4123.	Honoré de Balzac	*Le Lys dans la vallée.*
4124.	Lawrence Durrell	*Le Carnet noir.*
4125.	Félicien Marceau	*La grande fille.*
4126.	Chantal Pelletier	*La visite.*
4127.	Boris Schreiber	*La douceur du sang.*
4128.	Angelo Rinaldi	*Tout ce que je sais de Marie.*
4129.	Pierre Assouline	*État limite.*
4130.	Élisabeth Barillé	*Exaucez-nous.*
4131.	Frédéric Beigbeder	*Windows on the World.*
4132.	Philippe Delerm	*Un été pour mémoire.*
4133.	Colette Fellous	*Avenue de France.*
4134.	Christian Garcin	*Du bruit dans les arbres.*
4135.	Fleur Jaeggy	*Les années bienheureuses du châtiment.*
4136.	Chateaubriand	*Itinéraire de Paris à Jerusalem.*
4137.	Pascal Quignard	*Sur le jadis. Dernier royaume, II.*
4138.	Pascal Quignard	*Abîmes. Dernier Royaume, III.*
4139.	Michel Schneider	*Morts imaginaires.*
4140.	Zeruya Shalev	*Vie amoureuse.*
4141.	Frédéric Vitoux	*La vie de Céline.*
4142.	Fédor Dostoïevski	*Les Pauvres Gens.*
4143.	Ray Bradbury	*Meurtres en douceur.*
4144.	Carlos Castaneda	*Stopper-le-monde.*
4145.	Confucius	*Entretiens.*
4146.	Didier Daeninckx	*Ceinture rouge.*
4147.	William Faulkner	*Le Caïd.*
4148.	Gandhi	*La voie de la non-violence.*
4149.	Guy de Maupassant	*Le Verrou et autres contes grivois.*
4150.	D. A. F. de Sade	*La Philosophie dans le boudoir.*
4151.	Italo Svevo	*L'assassinat de la Via Belpoggio.*
4152.	Laurence Cossé	*Le 31 du mois d'août.*
4153.	Benoît Duteurtre	*Service clientèle.*
4154.	Christine Jordis	*Bali, Java, en rêvant.*
4155.	Milan Kundera	*L'ignorance.*
4156.	Jean-Marie Laclavetine	*Train de vies.*

4157. Paolo Lins — *La Cité de Dieu.*
4158. Ian McEwan — *Expiation.*
4159. Pierre Péju — *La vie courante.*
4160. Michael Turner — *Le Poème pornographe.*
4161. Mario Vargas Llosa — *Le Paradis — un peu plus loin.*
4162. Martin Amis — *Expérience.*
4163. Pierre-Autun Grenier — *Les radis bleus.*
4164. Isaac Babel — *Mes premiers honoraires.*
4165. Michel Braudeau — *Retour à Miranda.*
4166. Tracy Chevalier — *La Dame à la Licorne.*
4167. Marie Darrieussecq — *White.*
4168. Carlos Fuentes — *L'instinct d'Iñez.*
4169. Joanne Harris — *Voleurs de plage.*
4170. Régis Jauffret — *univers, univers.*
4171. Philippe Labro — *Un Américain peu tranquille.*
4172. Ludmila Oulitskaïa — *Les pauvres parents.*
4173. Daniel Pennac — *Le dictateur et le hamac.*
4174. Alice Steinbach — *Un matin je suis partie.*
4175. Jules Verne — *Vingt mille lieues sous les mers.*
4176. Jules Verne — *Aventures du capitaine Hatteras.*
4177. Emily Brontë — *Hurlevent.*
4178. Philippe Djian — *Frictions.*
4179. Éric Fottorino — *Rochelle.*
4180. Christian Giudicelli — *Fragments tunisiens.*
4181. Serge Joncour — *U.V.*
4182. Philippe Le Guillou — *Livres des guerriers d'or.*
4183. David McNeil — *Quelques pas dans les pas d'un ange.*
4184. Patrick Modiano — *Accident nocturne.*
4185. Amos Oz — *Seule la mer.*
4186. Jean-Noël Pancrazi — *Tout est passé si vite.*
4187. Danièle Sallenave — *La vie fantôme.*
4188. Danièle Sallenave — *D'amour.*
4189. Philippe Sollers — *Illuminations.*
4190. Henry James — *La Source sacrée.*
4191. Collectif — *«Mourir pour toi».*
4192. Hans Christian Andersen — *L'elfe de la rose et autres contes du jardin.*

4193. Épictète — *De la liberté* précédé de *De la profession de Cynique.*
4194. Ernest Hemingway — *Histoire naturelle des morts* et autres nouvelles.
4195. Panaït Istrati — *Mes départs.*
4196. H. P. Lovecraft — *La peur qui rôde* et autres nouvelles.
4197. Stendhal — *Féder ou Le Mari d'argent.*
4198. Junichirô Tanizaki — *Le meurtre d'O-Tsuya.*
4199. Léon Tolstoï — *Le réveillon du jeune tsar* et autres contes.
4200. Oscar Wilde — *La Ballade de la geôle de Reading.*
4201. Collectif — *Témoins de Sartre.*
4202. Balzac — *Le Chef-d'œuvre inconnu.*
4203. George Sand — *François le Champi.*
4204. Constant — *Adolphe. Le Cahier rouge. Cécile.*
4205. Flaubert — *Salammbô.*
4206. Rudyard Kipling — *Kim.*
4207. Flaubert — *L'Éducation sentimentale.*
4208. Olivier Barrot/Bernard Rapp — *Lettres anglaises.*
4209. Pierre Charras — *Dix-neuf secondes.*
4210. Raphaël Confiant — *La panse du chacal.*
4211. Erri De Luca — *Le contraire de un.*
4212. Philippe Delerm — *La sieste assassinée.*
4213. Angela Huth — *Amour et désolation.*
4214. Alexandre Jardin — *Les Coloriés.*
4215. Pierre Magnan — *Apprenti.*
4216. Arto Paasilinna — *Petits suicides entre amis.*
4217. Alix de Saint-André — *Ma Nanie,*
4218. Patrick Lapeyre — *L'homme-soeur.*
4219. Gérard de Nerval — *Les Filles du feu.*
4220. Anonyme — *La Chanson de Roland.*
4221. Maryse Condé — *Histoire de la femme cannibale.*
4222. Didier Daeninckx — *Main courante* et *Autres lieux.*
4223. Caroline Lamarche — *Carnets d'une soumise de province.*
4224. Alice McDermott — *L'arbre à sucettes.*

4225.	Richard Millet	*Ma vie parmi les ombres.*
4226.	Laure Murat	*Passage de l'Odéon.*
4227.	Pierre Pelot	*C'est ainsi que les hommes vivent.*
4228.	Nathalie Rheims	*L'ange de la dernière heure.*
4229.	Gilles Rozier	*Un amour sans résistance.*
4230.	Jean-Claude Rufin	*Globalia.*
4231.	Dai Sijie	*Le complexe de Di.*
4232.	Yasmina Traboulsi	*Les enfants de la Place.*
4233.	Martin Winckler	*La Maladie de Sachs.*
4234.	Cees Nooteboom	*Le matelot sans lèvres.*
4235.	Alexandre Dumas	*Le Chevalier de Maison-Rouge.*
4236.	Hector Bianciotti	*La nostalgie de la maison de Dieu.*
4237.	Daniel Boulanger	*Le tombeau d'Héraldine.*
4238.	Pierre Clementi	*Quelques messages personnels.*
4239.	Thomas Gunzig	*Le plus petit zoo du monde.*
4240.	Marc Petit	*L'équation de Kolmogoroff.*
4241.	Jean Rouaud	*L'invention de l'auteur.*
4242.	Julian Barnes	*Quelque chose à déclarer.*
4243.	Yves Bichet	*La part animale.*
4244.	Christian Bobin	*Louise Amour.*
4245.	Mark Z. Danielewski	*Les lettres de Pelafina.*
4246.	Philippe Delerm	*Le miroir de ma mère.*
4247.	Michel Déon	*La chambre de ton père.*
4248.	David Foenkinos	*Le potentiel érotique de ma femme.*
4249.	Eric Fottorino	*Caresse rouge.*
4250.	J.M.G. Le Clézio	*L'Africain.*
4251.	Gilles Leroy	*Grandir.*
4252.	Jean d'Ormesson	*Une autre histoire de la littérature française I.*
4253.	Jean d'Ormesson	*Une autre histoire de la littérature française II.*
4254.	Jean d'Ormesson	*Et toi mon cœur pourquoi bats-tu.*
4255.	Robert Burton	*Anatomie de la mélancolie.*
4256.	Corneille	*Cinna.*
4257.	Lewis Carroll	*Alice au pays des merveilles.*
4258.	Antoine Audouard	*La peau à l'envers.*
4259.	Collectif	*Mémoires de la mer.*

4260. Collectif — *Aventuriers du monde.*
4261. Catherine Cusset — *Amours transversales.*
4262. A. Corréard et H. Savigny — *Relation du naufrage de la frégate la* Méduse.
4263. Lian Hearn — *Le clan des Otori, III : La clarté de la lune.*
4264. Philippe Labro — *Tomber sept fois, se relever huit.*
4265. Amos Oz — *Une histoire d'amour et de ténèbres.*
4266. Michel Quint — *Et mon mal est délicieux.*
4267. Bernard Simonay — *Moïse le pharaon rebelle.*
4268. Denis Tillinac — *Incertains désirs.*
4269. Raoul Vaneigem — *Le chevalier, la dame, le diable et la mort.*
4270. Anne Wiazemsky — *Je m'appelle Élisabeth.*
4271. Martin Winckler — *Plumes d'Ange.*
4272. Collectif — *Anthologie de la littérature latine.*
4273. Miguel de Cervantes — *La petite Gitane.*
4274. Collectif — *«Dansons autour du chaudron».*
4275. Gilbert Keeith Chesterton — *Trois enquêtes du Père Brown.*
4276. Francis Scott Fitzgerald — *Une vie parfaite* suivi de *L'accordeur.*
4277. Jean Giono — *Prélude de Pan* et autres nouvelles.
4278. Katherine Mansfield — *Mariage à la mode* précédé de *La Baie.*
4279. Pierre Michon — *Vie du père Foucault — Vie de Georges Bandy.*
4280. Flannery O'Connor — *Un heureux événement* suivi de *La Personne Déplacée.*
4281. Chantal Pelletier — *Intimités* et autres nouvelles.
4282. Léonard de Vinci — *Prophéties* précédé de *Philosophie et aphorismes.*
4283. Tonino Benacquista — *Malavita.*
4284. Clémence Boulouque — *Sujets libres.*
4285. Christian Chaix — *Nitocris, reine d'Égypte T. 1.*
4286. Christian Chaix — *Nitocris, reine d'Égypte T. 2.*
4287. Didier Daeninckx — *Le dernier guérillero.*
4288. Chahdortt Djavann — *Je viens d'ailleurs.*
4289. Marie Ferranti — *La chasse de nuit.*

4290. Michael Frayn — *Espions.*
4291. Yann Martel — *L'Histoire de Pi.*
4292. Harry Mulisch — *Siegfried. Une idylle noire.*
4293. Ch. de Portzamparc/ Philippe Sollers — *Voir Écrire.*
4294. J.-B. Pontalis — *Traversée des ombres.*
4295. Gilbert Sinoué — *Akhenaton, le dieu maudit.*
4296. Romain Gary — *L'affaire homme.*
4297. Sempé/Suskind — *L'histoire de Monsieur Sommer.*
4298. Sempé/Modiano — *Catherine Certitude.*
4299. Pouchkine — *La Fille du capitaine.*
4300. Jacques Drillon — *Face à face.*
4301. Pascale Kramer — *Retour d'Uruguay.*
4302. Yukio Mishima — *Une matinée d'amour pur.*
4303. Michel Schneider — *Maman.*
4304. Hitonari Tsuji — *L'arbre du voyageur.*
4305. George Eliot — *Middlemarch.*
4306. Jeanne Benameur — *Les mains libres.*
4307. Henri Bosco — *Le sanglier.*
4308. Françoise Chandernagor — *Couleur du temps.*
4309. Colette — *Lettres à sa fille.*
4310. Nicolas Fargues — *Rade Terminus*
4311. Christian Garcin — *L'embarquement.*
4312. Iegor Gran — *Ipso facto.*
4313. Alain Jaubert — *Val Paradis.*
4314. Patrick Mcgrath — *Port Mungo.*
4315. Marie Nimier — *La Reine du silence.*
4316. Alexandre Dumas — *La femme au collier de velours.*
4317. Anonyme — *Conte de Ma'rûf le savetier.*
4318. René Depestre — *L'œillet ensorcelé.*
4319. Henry James — *Le menteur.*
4320. Jack London — *La piste des soleils.*
4321. Jean-Bernard Pouy — *La mauvaise graine.*
4322. Saint Augustin — *La Création du monde et le Temps.*
4323. Bruno Schulz — *Le printemps.*
4324. Qian Zhongshu — *Pensée fidèle.*
4325. Marcel Proust — *L'affaire Lemoine.*

Composition Floch.
Impression Société Nouvelle Firmin-Didot
à Mesnil-sur-l'Estrée, le 12 septembre 2006.
Dépôt légal : septembre 2006.
Numéro d'imprimeur : 80563.
ISBN 2-07-33966-1./Imprimé en France.

145078